2/15

Bianca

D1300215

Maisey Yates

En el calor del desierto

Editado por HARLEQUIN IBÉRICA, S.A.
Núñez de Balboa, 56
28001 Madrid

I.S.B.N.: 978-84-687-4490-2
Depósito legal: M-19720-2014
Editor responsable: Luis Pugni
Impresión en CPI (Barcelona)
Fecha impresion para Argentina: 9.3.15
Distribuidor exclusivo para España: LOGISTA
Distribuidor para México: CODIPLYRSA
Distribuidores para Argentina: interior, BERTRAN, S.A.C. Vélez
Sársfield, 1950. Cap. Fed./ Buenos Aires y Gran Buenos Aires,
VACCARO SÁNCHEZ y Cía, S.A.

Capítulo 1

EL JEQUE Zafar Nejem escudriñó el campamento. El sol le quemaba la escasa piel que llevaba al descubierto. Iba todo lo tapado que podía, tanto para evitar el duro clima del desierto como para evitar que lo reconocieran.

Sin embargo, era poco probable que alguien lo hiciera allí, a miles de kilómetros de cualquier ciudad. El desierto era su hogar, donde se había criado y se había convertido en el hombre más temible de As-Sabah.

Nada parecía fuera de lo normal. Ardían hogueras y oía voces procedentes de las tiendas. No se trataba de un campamento familiar, sino del de una banda de ladrones, de hombres fuera de la ley como él. Los conocía y le conocían. Habían llegado a una tregua provisional, pero eso no implicaba que confiara en ellos.

No se fiaba de nadie.

Sobre todo en aquellos momentos en que había motivos de inquietud, en que se habían producido reacciones airadas porque iba a ascender al trono.

El sitio que le correspondía.

La vuelta del jeque errante no había sido recibida con alegría, al menos en las zonas más civilizadas del país. Su tío se había encargado de arruinar su reputación para que nadie estuviera contento con su llegada al trono.

Y él no podía disipar los rumores acerca de su destierro, ya que eran ciertos.

Pero allí, en el desierto, entre quienes consideraba los suyos, entre quienes habían sufrido a manos de su tío, estaba la felicidad. Sabían que se había esforzado en expiar sus pecados. Examinó el horizonte. El siguiente sitio donde podría detenerse y buscar refugio estaba a cinco horas a caballo, y no le hacía gracia la idea de pasar más tiempo en la silla.

Desmontó y dio unas palmadas al caballo.

—Nos arriesgaremos —le dijo mientras le conducía a un corral improvisado donde había otros caballos.

Después se dirigió a la tienda principal, de la que ya salía un hombre a recibirlo.

—Jeque —le dijo inclinando la cabeza—. Qué sorpresa.

—¿En serio? Tenías que saber que volvía a Bihar.

—Puede que haya oído algo al respecto, pero hay más de un camino para llegar a la capital.

—¿Así que no tenías ganas de verme?

El hombre sonrió.

—Yo no he dicho eso. Esperábamos encontrarnos contigo o, al menos, con alguien con tus mismos medios.

—Mis medios siguen siendo limitados. Todavía no he vuelto a Bihar.

—Sin embargo, hallas el modo de adquirir lo que deseas.

Zafar miró al hombre de arriba abajo.

—Igual que tú. ¿No me invitas a entrar?

—Aún no.

Zafar se dio cuenta de que algo no iba bien. La tregua con Jamal y sus hombres era provisional. Podía poner fin a lo que la banda hacía en el desierto. No eran peligrosos. Todavía tenían conciencia, por lo que se hallaban al final de la lista de las preocupaciones de Zafar. Pero ellos creían que eran más importantes para él de lo que realmente eran.

—Entonces, ¿me vas a ofrecer regalos en lugar de hospitalidad? —preguntó Zafar en tono seco, refiriéndose a una costumbre del desierto.

—Te daré hospitalidad —respondió Jamal—. Y aunque no tenemos regalos, hay otras cosas que tal vez te interesen.

—¿Los caballos del corral?

—La mayoría están a la venta.

—¿Los camellos?

—Esos también.

—¿De qué me sirven los camellos? Creo que habrá un montón esperándome en Bihar, al igual que unos cuantos coches.

Hacía tiempo que no conducía. Era imposible con su modo de vida. La idea de un coche casi le resultaba propia del extranjero, como la mayor parte de las comodidades modernas.

Jamal sonrió.

—Tengo algo mejor, una oferta que esperamos que te apacigüe.

—Pero no es un regalo.

—No se puede regalar algo tan único y valioso.

—Eso tendré que decidirlo yo.

Jamal dio un grito y dos hombres salieron de la tienda con una mujer rubia entre ellos. Ella lo miró con los ojos muy abiertos y enrojecidos. No estaba sucia ni mostraba señales de maltrato. Tampoco trataba de escapar porque, teniendo en cuenta donde se hallaban, carecía de sentido.

—¿Me habéis traído a una mujer?

—Una posible esposa, o alguien para pasar el rato.

—¿Os he dado algún motivo para creer que me dedico a comprar mujeres?

—Pareces un hombre que no dejaría abandonada a una mujer en mitad del desierto.

—¿Y tú, sí?

—Sin lugar a dudas.

—¿Por qué iba a importarme una mujer occidental? Debo pensar en mi país.

—Creo que la comprarás, y por el precio que pedimos.

Zafar se encogió de hombros.

—Pide un rescate por ella. Estoy seguro de que su familia pagará mucho más de lo que puedo pagar yo.

—Pediría un rescate por ella, pero no tengo intención de iniciar una guerra.

—¿Cómo?

—Una guerra, jeque. No me conviene que esos canallas shakaríes me invadan el desierto.

Shakar era el país vecino de As-Sabah y las relaciones entre ambas naciones estaban a punto de romperse debido al tío de Zafar.

—¿Qué tiene que ver esta mujer con Shakar? Es occidental.

—Sí, evidentemente. Y si hay que creer lo que nos ha contado desde que la capturamos, es Analise Christensen, la heredera americana. Supongo que habrás oído hablar de ella. Es la prometida del jeque de Shakar.

En efecto, había oído hablar de ella.

—¿Y qué pinto yo en todo esto? ¿Qué queréis de ella?

—Podemos comenzar una guerra o acabarla, depende

de ti. Incluso, si nos la compras, podemos ponerte en una situación comprometida si hablamos con las personas adecuadas. ¿Cómo es que estás con ella, con la futura esposa de un hombre que se rumorea que es enemigo de Al Sabah? Tienes las manos atadas, Zafar.

En realidad, este no había pensado dejar a la mujer con ellos, pero lo que Jamal pretendía era chantajearlo, que era lo único que le faltaba. Bastantes problemas tenía ya.

«Cómprala y déjala en el primer aeropuerto», se dijo.

Podía hacer eso. No llevaba mucho dinero encima, pero no creía que los ladrones pretendieran poner un precio muy alto, sino buscar protección. Al fin y al cabo, Zafar estaba a punto de subir al trono y conocía todos los secretos de Jamal y sus compinches.

Miró a la mujer. Sus ojos brillaban de rabia. No se la veía derrotada, pero era inteligente y guardaba sus energías para más tarde.

–¿Le habéis hecho daño? –preguntó Zafar con un nudo en la garganta ante semejante posibilidad.

–No le hemos puesto ni un dedo encima, salvo para atarla para evitar que huyera. ¿Qué valor tendría, dónde estaría nuestra protección si la hubiéramos hecho daño?

Zafar entendió que le estaban ofreciendo la oportunidad de devolver a la mujer como si nada hubiera pasado. Si hubieran abusado de ella, sería evidente que los culpables fueran As-Sabah y su nuevo y malvado jeque.

Y la guerra sería inminente.

Les ofreció todo el dinero que tenía.

–No voy a regatear. Es mi única oferta.

Jamal lo miró con expresión seria.

–De acuerdo.

Le tendió la mano y Zafar no pensó ni por un momento que fuera porque quisiera estrechar la suya. Sacó un monedero pasado de moda.

Pero él llevaba quince años desconectado de su tierra y su cultura, por lo que no era de extrañar.

Se echó las monedas en la mano, la cerró y extendió el puño.

–Primero, la mujer –dijo.

Uno de los hombres la llevó hasta él y Zafar la agarró del brazo. Ella permaneció inmóvil, sin mirarlo.

Zafar dio las monedas a Jamal.

–Creo que no me quedaré a pasar la noche.

–¿Estás deseando probarla?

–En absoluto. Como has dicho, no habría forma más segura de declarar la guerra.

Agarró a la mujer con más fuerza y fue con ella al corral. Estaba demasiado callada, por lo que se preguntó si se hallaría en estado de shock. La miró a los ojos creyendo que expresarían confusión o pesar, pero ella estaba mirando a su alrededor haciendo cálculos.

–No merece la pena, princesa –le dijo en inglés–. No hay sitio adonde ir y, a diferencia de esos hombres, no tengo intención de hacerle daño.

–¿Y espera que me lo crea?

–De momento –abrió la puerta del corral y sacó el caballo–. ¿Puede montar? ¿Está herida?

–No quiero montarlo –contestó ella con voz monótona.

Él soltó un largo suspiro, la tomó en brazos y se montó con ella en el caballo, situándola delante de él.

–Pues lo siento, pero he pagado mucho para dejarla aquí.

Puso el caballo al trote y se alejaron del campamento.

–¿Me ha comprado?

–Creo que he hecho una buena compra.

–¿Una buena compra?

–No le he mirado los dientes. Creo que se han aprovechado de mí –no estaba de humor para hablar con una mujer, histérica o no.

Supuso que debería compadecerla o algo así. Pero ya no sabía cómo hacerlo.

–¿Quién es usted?

–¿No habla árabe?

–No el dialecto en el que han hablado ustedes. He entendido algunas palabras, nada más.

–Los beduinos de aquí tienen un dialecto propio. A veces, las familias muy extensas tienen una variante propia, pero no suele ser habitual.

–Gracias por la lección, tomaré nota. ¿Quién es usted?

–Soy el jeque Zafar Nejem, y creo que su salvación.

–Me parece que me habría ido mejor si hubiera ardido en el desierto.

Ana se aferró al caballo mientras galopaba por la arena. El aire comenzaba a ser más fresco y había dejado de quemarle la cara. Así debía de sentirse alguien en estado de shock: insensible y sin ser consciente de nada, salvo del calor en la espalda procedente del hombre que iba detrás de ella y del sonido de las pezuñas del caballo en la arena.

Él había dejado de hablar, el hombre que afirmaba ser el jeque de As-Sabah, que llevaba la cara cubierta, salvo los negros ojos. Pero antes de que la hubieran secuestrado, y estaba segura de que solo hacía dos días de ello, quien gobernaba el país era Faruk Nejem.

–Zafar Nejem... No conozco ese nombre. No lo recuerdo. Creía que Faruk...

–Ya no –respondió él con voz dura y profunda.

El caballo redujo el paso. Ana miró el paisaje yermo que la rodeaba tratando de adivinar por qué iban a detenerse. No había nada más que arena. Por eso no había intentado huir: hubiera firmado su sentencia de muerte.

El guía del grupo con el que estaba haciendo una excursión en camello por el desierto se lo había dicho muchas veces. Ella había querido divertirse con sus amigos antes de hacer oficial su compromiso con Tarik. Pero aquello había dejado de ser divertido y le había confirmado lo que siempre había temido: saltarse las normas podía desembocar en un desastre.

Era impensable, por tanto, salir corriendo. Pero que fueran a parar la puso muy inquieta. Había tenido mucha suerte por el hecho de que sus secuestradores no la hubieran tocado debido al valor que tenía para ellos. Pero no las tenía todas consigo con su nuevo acompañante.

Respiró hondo y le dolieron los pulmones. El aire era tan seco que el simple hecho de estar allí suponía un esfuerzo.

Tenía que estar tranquila y controlarse, ya que no era dueña de la situación.

Su captor desmontó y le ofreció la mano. Ella la aceptó.

–¿Dónde estamos?

–En un lugar en el que hay que detenerse.

–¿Por qué? ¿Dónde? ¿Cómo va a ser esto un lugar para detenerse?

–Lo es porque quiero parar. Llevo ocho horas a caballo.

–¿Por qué no tiene usted coche si es jeque? –preguntó ella enfadada.

–No es práctico. Vivo en el desierto, por lo que obtener gasolina sería un problema.

Claro, la gasolina. El petróleo siempre era un problema. Lo sabía bien porque era la hija de uno de los magnates del petróleo más ricos de Estados Unidos. Su padre tenía facilidad para encontrar oro negro. Y nunca se cansaba de buscarlo.

Y así había conocido ella al jeque Tarik y había acabado primero en Shakar y después en As-Sabah.

Se apartó de Zafar. No se parecía en nada a Tarik. Para empezar, sus ojos no eran cálidos ni risueños, pero eran cautivadores.

–¿Dónde estamos? –volvió a preguntar.

–En mitad del desierto. Le puedo dar las coordenadas, pero no creo que signifiquen nada para usted.

Ella frunció los ojos para tratar de ver a través de la calima. El sol había desaparecido tras las lejanas montañas.

–¿Cuánto tardaremos en llegar a la civilización? ¿Cuánto hasta que pueda ponerme en contacto con mi padre o con Tarik?

–¿Quién le ha dicho que vaya a permitírselo? Tal vez la haya comprado para mi harén.

–¿No iba usted a ser mi salvación?

–¿Ha vivido en un harén? Puede que le gustara.

–¿Tiene usted uno?

–No, por desgracia. Pero acabo de empezar a ser jeque, por lo que ya habrá tiempo de formarlo.

El miedo se apoderó de ella.

–Estoy perdida en un desierto desconocido...

–No es desconocido.

–No lo será para usted.

–Continúe.

–Estoy perdida en medio del desierto con un desconocido que afirma ser un jeque que me ha comprado. Y se permite bromear sobre mi futuro. No lo soporto.

Ya no podía soportar nada más. Tenía dos opciones: enfadarse o tirarse al suelo y romper a llorar. Y llorar nunca era su opción preferida. Las escuelas a las que había ido después de la muerte de su madre eran privadas, muy caras y muy estrictas. En ellas le habían enseñado que la contención y la compostura lo eran todo: a no correr cuando se podía caminar, a no gritar cuando se podía hablar. Y había aprendido que, en la vida, las lágrimas no servían para nada. No cambiaban nada y, desde luego, no le habían devuelto a su madre.

Así que decidió inclinarse por la ira.

El hombre frunció el ceño y la miró con ojos brillantes. Tiró de la tela que le cubría para mostrar sus labios, que esbozaron una sonrisa despectiva.

–¿Y cree usted que a mí me resulta fácil soportarlo? Esos hombres están jugando a iniciar una guerra entre dos países simplemente para poder seguir robando. Tratan de comprar mi lealtad chantajeándome porque saben que, si su querido Tarik se entera de que la han secuestrado ciudadanos de As-Sabah o, Dios no lo quiera, de que el jeque de As-Sabah la ha retenido contra su voluntad, la frágil tregua que hay entre nuestros países se hará pedazos.

Ella sintió que se mareaba.

–¿Voy a ser la causa de que se declare una guerra?

–No si juego bien mis cartas.

–Supongo que introducirme en su harén no contribuirá a calmar los ánimos.

–Así es. Por eso, tal vez prefiera la guerra.

–¿Cómo?

–No estoy seguro.

–¿Cómo puede no estarlo?

–Es muy sencillo. Tengo que examinar los documentos que dejó mi tío. Apenas he tenido contacto con palacio desde que me enteré de que iba a gobernar el país.

–¿Por qué?

–Probablemente tenga que ver con el hecho de que mi primera disposición, aunque tuve que adoptarla a distancia, fuera despedir a todos los que trabajaban para mi tío. Los cambios de régimen son difíciles.

–¿Es legal el cambio?

–Sí, soy el heredero. Mi tío ha muerto.

–Lo siento.

–Yo no. Mi tío ha sido lo peor que le ha pasado a As-Sabah en toda su historia. Solo ha traído pobreza y violencia a mi país. Y ha provocado tensiones entre los países vecinos y el nuestro. Usted ha tenido la desgracia de convertirse en un peón dentro del cambio, y debo decidir cómo voy a moverlo.

Capítulo 2

DURANTE unos segundos, Zafar estuvo a punto de sentir algo semejante a la compasión por la pálida mujer que estaba frente a él.

Pero no tenía tiempo para esa clase de emociones. Más aún, estaba seguro de haber perdido la capacidad de experimentarlas.

Llevaba media vida alejado de la sociedad y de la familia. Hacía quince años que no tenía vínculos emocionales con nadie. Su vida era guiada por un propósito que trascendía los sentimientos, las comodidades, el hambre y la sed: la necesidad de proteger a los más débiles de su pueblo y de que se hiciera justicia.

Incluso a expensas de la felicidad de aquella mujer.

Por suerte para ella, devolvérsela a Tarik era la forma más sencilla de mantener la paz, pero debía hacerlo con delicadeza.

Y la delicadeza no era su fuerte.

–Esa idea no me hace ninguna gracia –dijo ella–. No estoy dispuesta a que usted me mueva como un peón. Quiero irme a casa –la voz se le quebró en la última palabra. Tal vez fuera una grieta en su helada fachada, o tal vez el shock le estuviera desapareciendo.

Él conocía ese estado: un gozoso refugio contra la cruel realidad de la vida. Sí, recordaba muy bien ese estado.

Si ella tenía suerte, el shock seguiría aislándola y protegiéndola. Si no, se vendría abajo ante sus ojos.

—Me temo que eso es imposible. Voy a montar la tienda. No se aleje.

—No quiero morir. No voy a ponerme a caminar por el desierto de noche, ni tampoco de día. ¿Por qué cree que no me he escapado?

—¿Cómo la capturaron? —preguntó él mientras agarraba la tienda que llevaba enrollada en la silla de montar.

—Estaba haciendo una excursión por el desierto en la frontera entre Shakar y As-Sabah.

—Entonces, ¿mi gente entró en Shakar para capturarla?

—Sí.

—Ha tenido mucha suerte de que supieran quién era.

—El anillo que llevaba me delató. Formaba parte de las joyas de la corona shakarí —dobló los dedos desnudos—. Me lo quitaron, como es lógico. Por algo eran ladrones.

—Fue una suerte que lo llevara. Es extraño que no me lo enseñaran como prueba de quién es usted.

Ella lo miró con ojos de pánico.

—Pero tiene que saber quién soy. Seguro que sabe que Tarik iba a casarse pronto.

—Una unión, según creo, que tiene una base política.

—Sí. Y, además, Tarik me quiere.

—No me cabe la menor duda —dijo él en tono seco.

—Me quiere. No soy estúpida: sé que mi familia tiene que ver con nuestra unión. Hace años que nos comprometimos a distancia, pero hemos pasado tiempo juntos.

—¿Y usted lo quiere?

—Sí —afirmó ella levantando la barbilla y mirándolo

desafiante–. Con todo mi corazón. Estoy deseando que nos casemos.

–¿Cuándo va a celebrarse la boda?

–Dentro de unos meses. Me tiene que conocer el pueblo y debemos representar el noviazgo ante los medios de comunicación.

–Pero el noviazgo ya ha tenido lugar.

–Sí, pero hay que guardar las apariencias. Y, para hacerlo, usted no va a llevarme directamente a Shakar, ¿verdad? No quiere que Tarik sepa que su pueblo o usted han tenido que ver en esto. Y no quiere parecer débil –ella asintió con la cabeza como si se hubiera convencido a sí misma–. Eso desempeña un papel importante, ¿no es así?

–Todavía no he pasado un solo día en palacio. No quiero convertirme en el centro de un escándalo por haber secuestrado a la futura esposa del jeque de un país vecino. Así que tiene usted razón.

–Esto le supone una amenaza personal.

–No soy muy popular en As-Sabah, por decirlo así, lo cual es un problema a la hora de gobernar el país.

¡Era el eufemismo del año! Si le hubieran reconocido en la capital mientras gobernaba su tío, su vida habría corrido peligro. Después de que su tío lo enviara al destierro, Zafar no había hecho nada para mejorar su situación, sobre todo ante las personas leales a su tío.

Era leal a los beduinos. Había tratado de que no sufrieran bajo el gobierno de su tío y, si él no hubiera intervenido, lo habrían hecho. Carecían de cualquier clase de asistencia sanitaria y de cualquier tipo de servicios. Su tío los había dejado en manos de la ayuda extranjera al tiempo que les cobraba unos impuestos muy elevados.

Se habían convertido en el pueblo de Zafar.

Y había llegado el momento de subir al trono y unir a todos los habitantes de As-Sabah, de redimirse a ojos de los habitantes de las ciudades sin perder a los moradores del desierto.

–Voy a montar la tienda –dijo él–. Así no tendremos que dormir al aire libre.

–¿Cree que voy a dormir con usted en la tienda?

–En efecto. La alternativa es que uno de los dos duerma sin ningún tipo de protección, y no voy a ser yo. Supongo que usted tampoco querrá hacerlo. No se imagina la cantidad de bichos que salen por la noche.

Ana se estremeció. No quería dormir al aire libre, pero la idea de dormir con aquel desconocido la seducía aún menos.

Su único consuelo era que él no deseaba iniciar la guerra.

Tal vez debería decirle que era virgen y que Tarik lo sabía. Así que, si intentaba algo, se descubriría y habría guerra.

Decidió callárselo de momento.

–¿Cuánto tiempo va a retenerme? –le preguntó mientras él comenzaba a montar la tienda.

–Hasta que sea necesario.

Llevaba tantas capas de ropa para protegerse del sol que era difícil adivinar qué cuerpo tenía, pero, por su forma de moverse, a ella le pareció que su condición física era excelente.

–Eso no es decir mucho.

–Pues no puedo darle más información. Tendré que evaluar la situación al llegar a palacio –siguió montando la tienda con ágiles y rápidos movimientos.

–¿Hace esto a menudo?

—Casi todas las noches.

—¿Compra mujeres secuestradas y se las lleva a caballo todas las noches?

—Me refería a la tienda.

—Ya lo sé, solo trataba de que se distendiera el ambiente —en caso contrario, rompería a llorar. Se había quedado sin fuerzas para seguir enfadada. Los chistes malos eran su última línea defensiva.

Y no podía desmoronarse. Llevaba años tratando de ser útil a su padre, de no ser una carga para él.

—En realidad, no la he comprado, sino que he pagado un rescate por usted.

—Eso suena mejor.

—Esto ya está. ¿Está lista para acostarse?

No quería entrar en la tienda con él y dormir en el suelo. Era desmoralizador y, además, le daba miedo. La idea de estar tan cerca de aquel hombre le aceleraba el corazón. Pero estaba a punto de desmayarse de cansancio. Aunque Zafar fuera un desconocido, no era un secuestrador.

—Sí, gracias —dijo mientras una lágrima se le deslizaba por la mejilla—. Muchas gracias.

Algo en su interior se rompió, algo que había estado conteniendo sus emociones y había impedido que se viniera abajo desde que la habían secuestrado.

Soltó un sollozo y rompió a llorar.

Él permaneció inmóvil, sin consolarla. La dejó llorar mientras sus sollozos resonaban en la noche. Ella no necesitaba que la tocara, sino solo aquello: liberarse tras días de intentar ser fuerte, de no mostrar lo sola y asustada que estaba.

Cuando dejó de llorar se sintió débil y avergonzada, y de nuevo enfadada.

–¿Ha acabado?

La miraba de forma impasible. Sus lágrimas no lo habían conmovido. Ella no lo pretendía, pero una mínima reacción hubiera sido de agradecer.

–Sí, ya he acabado.

–¿Lista para acostarse?

–Sí –estaba a punto de caerse al suelo. El cansancio se había apoderado de ella por completo.

Se dio cuenta de que estaba temblando. Aquello no podía ser. Debía ser fuerte y controlarse.

–No sé por qué tiemblo.

Él lanzó lo que ella dedujo que sería un juramento, dio dos pasos hacia ella y la atrajo hacia sí. No la abrazó, no hubo ningún signo de afecto. Solo trató de que dejara de temblar.

Ella temblaba violentamente entre sus fuertes brazos. Era increíble lo bien que olía aquel hombre. Con toda la ropa que llevaba, se había imaginado que olería a sudor, pero olía a especias. También a sudor, pero no era desagradable.

Esos pensamientos le demostraron que estaba a punto de derrumbarse mentalmente. Además, parte de ella quería agarrarlo de la ropa y apretarlo con fuerza contra su cuerpo, aferrarse a él y rogarle que no la abandonara.

–La unidad médica más próxima está muy lejos –dijo él con voz ronca–. Así que, por favor, no vaya a hacer nada estúpido, como morirse.

–Si me muriera, ¿de qué serviría una unidad médica? –preguntó ella mientras apoyaba la cabeza en el pecho masculino–. Además, no creo que me esté muriendo.

–¿Cuánto hace que no bebe?

–Mucho tiempo. Ni siquiera estoy segura de cuándo me secuestraron.

–Voy a meterla en la tienda.

Ella asintió mientras él la levantaba en brazos. La metió en la tienda y la dejo sobre una manta que había en el suelo. Después salió y volvió con un odre de agua.

–Beba.

Ella obedeció y descubrió que tenía tanta sed que creyó que nunca se saciaría.

–Espero que no estuviera guardándola para más adelante.

–Tengo más. Y mañana pararemos en un oasis que está a mitad de camino.

–¿Por qué no hemos ido hasta allí esta noche?

–Los dos estamos cansados.

–Yo estoy bien.

–En el desierto se debe ser realista sobre las propias limitaciones. Es lo primero que hay que aprender. Aunque el desierto haga que nos sintamos fuertes y libres, también nos hace conscientes de que somos mortales.

Ella se tumbó en la manta, de espaldas a Zafar, en posición fetal. Él también se tumbó.

–El desierto es infinito y hace que nos demos cuenta de lo pequeños que somos –su voz era profunda y se derramaba sobre ella como la miel. Sintió que el suelo se hundía debajo de ella, que caía–. Pero también nos hace darnos cuenta de lo poderosos que somos porque, si lo respetamos y conocemos nuestras limitaciones, podemos vivir en él. Y vivir aquí, sobrevivir y prosperar, es poseer verdadero poder.

A ella se le cerraban los ojos.

–Tengo frío –dijo estremeciéndose.

Un fuerte brazo la agarró por la cintura y la atrajo hacia el calor. Fue un consuelo para ella. Y se sintió bien al ser abrazada por él, al sentir el contacto humano.

Su último pensamiento antes de perder la conciencia fue que nunca había dormido con el brazo de un hombre rodeándola como en aquel momento y que debiera haber esperado a que lo hiciera el hombre con quien se iba a casar.

Pero eso no tenía sentido. Solo iban a dormir.

Y ella necesitaba dormir.

Por tanto, se apretó contra él y cedió a la necesidad contra la que había estado luchando desde su secuestro.

Y se quedó dormida.

Capítulo 3

ES HORA de despertarse.
Zafar miró a la mujer tendida en el suelo, que dormía como un bebé.

El sol comenzaba a salir y el aire se había calentado en cuestión de segundos. Quería llegar al oasis lo antes posible y proseguir el camino hacia la ciudad.

No deseaba pasar otra noche en el desierto con aquella frágil criatura. Tenía que dormir, y no podía hacerlo con alguien al lado.

Además, ella era muy delicada. Tenía la piel muy blanca, el pelo tan rubio que parecía blanco y los ojos azules como el cielo.

Se quemaría en el desierto.

Ella se removió, parpadeó y lo miró.

—Yo... Vaya, no era un sueño.

—No, lo siento. ¿Se refiere a mí o al secuestro? Porque me parece que soy preferible a una banda de secuestradores.

—Me refería a la experiencia en general. Me duele todo el cuerpo. El suelo está muy duro.

—Tal vez deba hablar con el Creador para que se lo ablande.

—Ya veo que cree que soy **tonta** y débil.

—La verdad es que pienso **poco** en usted como persona. Ahora mismo supone un obstáculo para mí que me está retrasando.

–¿Cómo dice? –ella se había levantado. Le temblaban las piernas–. ¿Que lo estoy retrasando? No pedí que me secuestraran ni que usted me comprara.

–La he rescatado.

–Da igual. No le pedí que lo hiciera.

–Sea como fuere, aquí estamos. Levántese. Tengo que desmontar la tienda.

Ella lo fulminó con la mirada y salió de la tienda con expresión altanera.

–Hay cecina en las alforjas.

–Mmm... Carne seca y salada con este calor.

De todos modos, fue a buscarla y se la comió con avidez.

–¿Hay más agua? –preguntó.

–En el odre.

Él continuó desmontando la tienda mientras ella comía y bebía.

–¿Te dieron de comer? ¿Te importa que nos tuteemos?

–No me importa. Me dieron algo de comer, pero no mucho. Y como tampoco me fiaba de ellos, solo comí cuando no pude más.

–Envenenarte o drogarte carecía de sentido.

–Probablemente, pero estaba paranoica.

–Es lógico.

–Pero tú no vas a hacerme daño, ¿verdad?

–Te doy mi palabra.

Nunca haría daño a una mujer, con independencia de lo que hubiera hecho. Sin embargo, no le importaría que una mujer en concreto fuera a prisión de por vida, pero eso era otra historia.

–Eso es lo que creía y, por esa razón, he dormido.

–¿Cuánto llevabas sin dormir?

–No lo sé. Tenía miedo de cerrar los ojos ya que no sabía qué podía ocurrir. Pero no dormir empeora las cosas porque te parece que no son reales, que son borrosas. Creí que me estaba volviendo loca.

–Tienes que entender esto: no te retengo por placer ni para hacerte daño. Tengo que analizar debidamente la situación. Sé que no se trata de una situación ideal para ti, pero sería peor que se declarara la guerra durante tu noviazgo oficial.

–La guerra sería peor en general. Pero tal vez pueda hablar con Tarik y...

–Tal vez. Pero hay momentos en que un hombre debe mostrarse fuerte para proteger lo que es suyo. Me parece que cuando secuestran a tu prometida no es el momento adecuado para buscar la paz. Además, yo me veré implicado, de eso no te quepa duda, porque Jamal se encargará de ello. Y no es el amor del pueblo lo que me ha llevado al trono de mi país, sino la ley. Muchos se pondrían muy contentos si lo perdiera.

–Pero ¿tienes forzosamente que gobernar?

–Nací para hacerlo. Es el sitio que me corresponde y que me robaron. Me obligaron a exiliarme, y no pienso vivir así el resto de mis días. Ahora, el trono de As-Sabah es mío y voy a ir a por él.

–¿Aunque para ello debas retenerme?

–Estarás en un palacio, rodeada de un lujo similar al que tu querido prometido pueda ofrecerte, por lo que no creo que puedas hacerte la víctima. Considéralo una temporada en un balneario. Y, de momento, piensa que estás de excursión por el desierto, aunque solo con un hombre, alguien que conoce el desierto mejor que mucha gente la ciudad en la que viven.

–Pues no sé si hacerte preguntas sobre las rocas o sobre la arena. La belleza es tan diversa por estos lares...

–El paisaje de Shakar es similar, así que tal vez deberías replantearte tu boda, si lo único que te inspira lo que te rodea es un aburrido desdén.

–Lamento haber insultado tu querido desierto. Estoy de mal humor.

–Tu estado de ánimo no me preocupa en absoluto –puso la tienda en la silla y el odre en las alforjas–. Monta... ¿o necesitas que te vuelva a ayudar?

–No puedo hacerlo sola. Ya me gustaría, pero no tengo fuerza en las piernas.

–No importa. Te he tenido abrazada toda la noche. Volver a rodearte con mis brazos no me supondrá ningún sacrificio.

Ella se ruborizó. Zafar no sabía por qué se burlaba de ella de esa manera. No recordaba la última vez que había sentido deseos de gastarle a alguien una broma.

Por debajo había algo más oscuro, algo a lo que no debía prestar atención.

–Haz lo que tengas que hacer.

Él entrelazó los dedos y bajó las manos para formar un escalón. Ana se sujetó con una mano al caballo y con otra a su hombro, puso un pie en sus manos y se dio impulso.

–¿Prefieres delante o detrás? A mí me da igual.

La pregunta pareció inquietarla y tardó en contestar, como si estuviera calculando en qué posición habría menos contacto entre sus cuerpos.

–Delante.

Cabalgar detrás era para él más cansado, pero la alternativa era que Ana se agarrara a su espalda y apretara sus senos contra él. La idea le tensó todo el cuerpo.

Pero no tenía tiempo para semejantes distracciones. Ella llegaría intacta. La protegería.

Estuviera o no comprometida, un hombre que se aprovechara de una mujer en su situación sería el más vil de los seres.

Montó detrás de ella y asió las riendas con fuerza.

–Agárrate –le dijo mientras le rodeaba la cintura con el brazo–. Si queremos llegar hoy a palacio tendremos que ir deprisa.

Hicieron una breve parada en el oasis, donde descansaron a la sombra del terrible calor. Pero enseguida volvieron a cabalgar. A Ana, el ruido repetitivo de las pezuñas del caballo comenzó a atacarle los nervios.

Cuando la borrosa silueta de la ciudad se dibujó en el horizonte, Ana estaba pensando que iba a caerse del caballo. Le dolían los huesos del cansancio y estaba cubierta de una fina capa de polvo.

Necesitaba un baño y una cama cómoda. Después se preocuparía de todo lo demás.

Aquello no era su vida. Su vida estaba rodeada de comodidades. Un baño caliente y una cama cómoda eran cosas que había dado por sentadas durante toda su existencia. En aquel momento se sentía más animal que persona, un roedor al que habían sacado de su agujero y habían dejado secar al sol.

A medida que se acercaban, comenzó a ver rascacielos como en una ciudad estadounidense. Pero detrás había una muralla de ladrillo amarillo, un recuerdo de lo que la ciudad había sido mil años antes.

–Bienvenida a Bihar –dijo él.

–¿Vas a entrar cabalgando?

–¿Por qué no?

–No parece que sea un lugar para un caballo.

–El centro de la ciudad no lo es, pero no sucede lo mismo en las afueras ni en el camino al palacio.

Atravesaron la muralla que separaba Bihar del desierto. Pasaron por delante de casas apiñadas y de un mercado al aire libre. La gente se apartaba para dejarles paso sin prestarles atención.

Ella se volvió para mirarlo. Solo se le veían los ojos. Nadie lo reconocería. Ana se dijo que resultaba paradójico que el jeque cabalgara en su caballo negro llevando a una cautiva y nadie se diera cuenta.

Siguieron adelante hasta que los edificios comenzaron a escasear y los adoquines se transformaron en un camino de tierra paralelo a la muralla, al final del cual, en lo alto de una colina, divisaron el palacio. Era enorme, imponente y hermoso.

Sus muros eran de piedra blanca y el tejado azul zafiro, lo que Ana pensó que lo haría visible desde cualquier punto de la ciudad.

Zafar espoleó el caballo. Cuando llegaron a la verja, desmontó y se quitó la tela de la cara. Sus rasgos eran duros y hermosos. E inconfundibles. No era de extrañar que viajara como lo hacía, ya que lo reconocerían de inmediato con el rostro al descubierto.

Metió la mano entre la ropa y sacó un... teléfono móvil. Ana se quedó de piedra. Zafar parecía pertenecer a otra época. Después de recorrer a caballo las calles de la ciudad, iba a hacer una llamada telefónica con un móvil.

Era incongruente, pero era la realidad.

–Ya he llegado. Abrid la verja.

Y la verja se abrió.

Zafar condujo el caballo, con ella en la silla, por un opulento patio, con el suelo de mosaico y una fuente en el centro, lo que era un signo de riqueza, al igual que el césped y las plantas que rodeaban el mosaico. El agua empleada para crear belleza, y no para sobrevivir, era un signo de lujo extremo en el desierto. Ana lo sabía por Tarik.

Miró a Zafar. Sus ojos negros brillaban con feroz intensidad. De pronto, volvió a ponerse la máscara y sus ojos recuperaron la falta de expresividad.

A las puertas del palacio salieron a su encuentro unos hombres que parecían igual de poco civilizados que Zafar, una banda de maleantes, de piratas del desierto. Uno de ellos incluso llevaba una cimitarra en la cintura. A Ana le sorprendió que ninguno de ellos llevara un parche en el ojo.

Sintió miedo. Estaba en el terreno de Zafar. En realidad, lo había estado desde el momento en que la habían secuestrado en la frontera, pero allí, en el palacio, rodeada de las pruebas de su poder, era imposible negarlo.

Su poder y su fuerza la atemorizaban y la fascinaban a la vez. La atraían de una manera incomprensible que hacía que el corazón le latiera más deprisa.

–Jeque –dijo uno de los hombres con una inclinación de cabeza. A ella ni siquiera la miró.

–¿Necesitas ayuda para desmontar? –preguntó Zafar a Ana.

–No, gracias, creo que me las arreglaré.

–Mi invitada necesita una habitación. Supongo que habréis contratado a nuevos criados.

Ella estuvo a punto de reírse. ¿Era una invitada?

–Todo se ha hecho como lo pediste. Y el embajador Rycroft ha dicho que no iba a esperarte más y que lo llamaras en cuanto llegaras.

–Llévate el caballo –le ordenó Zafar con voz dura.

–Sí, jeque.

Aquellos hombres permanecían inalterables ante el cambio de estatus de Zafar. Pero lo más probable era que él siempre hubiera sido el jefe, el jeque para sus seguidores.

–¿Y el equipaje? –preguntó otro hombre.

–No tengo; ella tampoco. Hay que solucionar eso. Quiero que esta mujer disponga de un guardarropa antes de que acabe el día. ¿Está claro?

–Sí, jeque.

¡Vaya! Seguro que pensaban que Zafar iba a comenzar su harén con ella, o que era su amante. Pero, de momento, no había forma se sacarlos de su error. Zafar iba a subir al trono y en el palacio había personal nuevo para un nuevo líder.

Y eso supondría un gran alivio, no solo para el pueblo de As-Sabah, sino también para el de Tarik. Ana sabía que su prometido temía que se declarase la guerra debido a la tensión existente entre ambos países. La había llamado una noche y se lo había dicho textualmente. Y ella valoraba que él le contara lo que pensaba y sentía.

Se había enamorado de él en parte por eso. Era cierto que su padre había instigado a Tarik a que le propusiera matrimonio, pero ella no lo habría aceptado si no sintiera afecto por él.

Afecto.

Como motivo, no parecía muy potente. Sentía algo

más que afecto por él. Sentía amor. Era cierto que no se trataba de una relación apasionada, pero era de esperar, porque Tarik estaba chapado a la antigua y la había cortejado como se hacía antes: respetuosamente.

Además, era tan guapo... Piel oscura y suave, ojos negros como el carbón, pestañas espesas, cejas negras y fuertes...

Miró a Zafar y los rasgos de Tarik se le evaporaron de la memoria.

Su rostro era anguloso; su piel, morena. Llevaba una barba poblada, tenía los ojos negros, como una llama oscura, y sus labios la fascinaban.

No tenía la piel lisa, sino marcada por el sol y el viento. Todo en él carecía de refinamiento. Era como si estuviera esculpido en piedra.

No estaba segura de que «guapo» fuera el calificativo que lo definiera. Le parecía que no le hacía justicia.

–¿Entramos? El palacio es mío, aunque llevo quince años sin pisarlo. Nací y crecí en él.

–Supongo que estás contento de volver –dijo ella mirándolo a la cara. Su expresión no se alteró. Si Ana no hubiera contemplado aquel brillo en sus ojos, su emoción al cruzar la verja, habría pensado que no sentía nada en absoluto.

–Es necesario que vuelva, eso es todo.

–Seguro que sientes algo ante el hecho de volver.

–No siento nada en general y no voy a empezar a hacerlo ahora.

–Pero eres un ser humano; estoy segura de que algo sentirás.

–Mi vida se guía por un propósito. Desde que me desterraron, todos lo días había algo que me obligaba a levantarme: creer que mi pueblo me necesitaba, que era mi derecho y mi deber gobernar este país, ocuparme de su gente como era debido, no del modo en que lo hizo mi tío. Ese propósito me ha guiado casi la mitad de mi vida y lo sigue haciendo. La emoción es innecesaria y mentirosa, propia de seres débiles. Un propósito no miente.

Sus palabras fueron para ella una versión más dura y fría de lo que siempre se decía a sí misma: que lo importante era hacer lo correcto, que cuando uno dejaba de hacerlo y actuaba en su propio beneficio todo se desmoronaba.

Lo había presenciado en su propia familia. No deseaba provocar el daño que había causado su madre, por lo que había decidido ser mejor, superar el egoísmo, hacer lo correcto, lo que beneficiara a los demás, ya que, así, se beneficiaría ella también.

Pero al oírlo de los labios de Zafar, pensó que estaba mal. Al menos, ella experimentaba emociones, pero sabía que había cosas más importantes que la felicidad extrema, que era fugaz y egoísta. Creía que su misión en la vida era la felicidad ajena por encima de la suya. Y no había nada malo en ello.

–¿Sabes qué otra cosa no miente? Mis músculos. Los tengo tan rígidos que apenas puedo moverme.

–Un baño te vendrá bien. Voy a decir que te lo preparen.

–Gracias.

–Pareces sorprendida.

–Me das cosas más agradables que mi anterior secuestrador.

–Salvador, Analise. Creo que la palabra adecuada es «salvador».

Ella lo miró a los ojos y algo se removió en su interior, algo aterrador que lindaba con lo prohibido.

–No, creo que esa no es la palabra que buscaba.

–Vamos –dijo él mientras echaba a andar hacia las puertas del palacio.

Las empujó con las manos para abrirlas. Se detuvo un momento y esperó, aunque no sabía bien el qué. ¿Tal vez fantasmas? No había. No eran visibles, aunque casi podía sentirlos. El dolor y la angustia de los que habían sido testigo aquellas paredes parecían resonar en ellas. Si escuchaba con la suficiente atención, estaba seguro de que oiría los gritos de su madre y el llanto de su padre.

El aire estaba cargado de recuerdos.

Llevaba años viviendo en una tienda. Hacía más de un año que no había entrado en un edificio que no estuviera construido con lona. Las paredes del palacio le resultaban demasiado gruesas y pesadas. Respiraba con dificultad.

Quiso salir corriendo, pero Ana estaba detrás de él. Se sentía como un animal enjaulado, pero no iba a dar muestra alguna de debilidad.

Así que avanzó un paso hacia la oscuridad, hacia el lugar que había presenciado tanta muerte y destrucción.

–Zafar...

Sintió la mano de Ana en el brazo e hizo un movimiento brusco para librarse de ella. Ana no retrocedió, pero él vio que se encogía. No era de extrañar, ya que seguro que lo consideraría más un animal que un hombre.

–Tendrás el baño preparado enseguida –dijo él en tono glacial.

No tenía más opción que seguir adelante. Era su destino. Y su penitencia. Apretó los dientes y siguió andando.

Sí, era su penitencia. Y estaba dispuesto a cumplirla.

Capítulo 4

PARA desgracia de Zafar, el embajador Rycroft se encontraba cerca del palacio e insistió en verlo de inmediato. Zafar llevaba la ropa sucia con la que había viajado. No se hacía idea de lo que debía estar pensando de él el hombre inmaculadamente vestido y cuidadosamente afeitado que se hallaba sentado frente a él en su despacho. De hecho, ni él mismo sabía el aspecto que tenía, ya que no acostumbraba a mirarse al espejo.

Por los documentos de su tío que había visto, aquel hombre era importante para el gobierno del país. O lo había sido. Zafar sospechaba que muchos de los acuerdos comerciales eran más bien acuerdos ilegales, pero carecía de pruebas.

—El cambio de régimen ha molestado mucho en la embajada.

—Lo lamento —dijo Zafar—. Siento que la muerte de mi tío les haya causado inconvenientes. No sé por qué no la pospuso.

Rycroft lo miró claramente ofendido.

—Sí, bueno. Tenemos mucho interés en saber lo que piensa hacer con los acuerdos comerciales.

—Esos acuerdos ahora mismo no me interesan lo más mínimo —Zafar comenzó a andar por el despacho, lo cual puso nervioso a su interlocutor, ya que se suponía que debía permanecer sentado.

Pero no podía. Detestaba tener que hablar con diplomacia. Los hombres de verdad decían lo que pensaban; los políticos, nunca. Pero así eran las cosas.

–Me he encontrado con un sistema corrupto que pienso limpiar. Sus acuerdos comerciales pueden esperar. ¿Me entiende?

Rycroft se levantó, rojo de ira.

–Jeque Zafar, creo que es usted el que no entiende. Esos acuerdos son esenciales para que llegue a gobernar. Su tío y yo teníamos un pacto, y, si usted no lo cumple, las cosas pueden volverse en su contra.

Lleno de furia, Zafar agarró al embajador por los hombros y lo empujó hasta la pared.

–¿Me está amenazando?

Los políticos empleaban la diplomacia; él, no.

–No –replicó el embajador, que lo miraba con los ojos como platos–. No se me ocurriría.

–Pues que no se le ocurra, porque he borrado a algunos hombres de la faz de la tierra por mucho menos. No lo olvide.

Lo soltó, retrocedió unos pasos y se cruzó de brazos.

–Voy a contárselo a la prensa –dijo el embajador mientras se estiraba la chaqueta–. Les diré que hay un animal en el trono de As-Sabah.

–Muy bien, dígaselo –la ira lo había vuelto irracional–. Así, tal vez, tenga que verme con menos hombres blancos trajeados.

Mientras se metía en la bañera de piedra y el agua envolvía su cuerpo doliente y polvoriento, Ana tuvo que reconsiderar la idea de que Zafar no fuera su salvador.

Le parecía que las burbujas, los aceites y las sales de baño le habían salvado la vida, y, por extensión, también lo había hecho Zafar.

Le hubiera gustado quedarse allí para siempre, pero no podía. No era propio de ella relajarse y disfrutar: debía ser útil. Siempre había algo que hacer, aunque en aquel momento no se le ocurría nada.

Era una sensación extraña. Necesitaba un objetivo, algo que le mantuviera las manos y la cabeza ocupadas, algo que le demostrara que era útil.

Llevaba muchos años matándose a trabajar. La excursión al desierto había sido su primer y último intento de evasión después de licenciarse en la universidad y antes de hacer público su compromiso matrimonial. Deseaba un poco de aventura, pero no aquello.

Salió de la bañera. Una toalla y un albornoz la esperaban.

Mentiría si no reconociera que se estaba divirtiendo un poco. Era un anticipo de lo que sería su vida siendo princesa. Una vida llena de glamour, en teoría, pero en el fondo muy similar a la que había llevado hasta entonces: una vida basada en las apariencias.

En la facultad femenina de élite en la que había estudiado la habían estimulado a ser fuerte, aplicada y refinada, a adaptarse a una imagen concreta. Siempre le había dado miedo revelar demasiado de sí misma. Las lágrimas que había vertido en el desierto habían sido la expresión de una emoción sincera que llevaba años sin manifestar.

Se puso el albornoz y volvió al dormitorio.

—¡No puede ser! —exclamó al ver que en la mesa pegada a la pared había un frutero con higos, dátiles y uvas.

–Solo me falta un joven esclavo abanicándome con una hoja de palmera –masculló mientras tomaba una uva y se la metía en la boca.

–Veo que todo está a tu gusto.

Ella se giró bruscamente y vio que Zafar había entrado en la habitación. Parecía distinto. Se había quitado los ropajes con los que viajaba y se había puesto una camisa de lino y unos pantalones de vestir. Sus largos cabellos estaban húmedos, limpios y recogidos en una cola de caballo. Se había recortado la barba.

Su aspecto conllevaba mayor peligro que antes, cuando iba pregonando que era peligroso, con la barba descuidada, la ropa al viento, la piel quemada por el sol, sucio y oliendo a sudor.

Ahora se veía claramente lo guapo que era; la mandíbula cuadrada, la poderosa barbilla y, de nuevo, los labios.

¿Por qué le fascinaban los labios?

–Todo está perfecto, teniendo en cuenta la situación.

–¿Qué situación?

–¿Te suena lo de «vivir en una jaula de oro»?

–No. ¿Estás cómoda?

–Más o menos, pero me sentiría más cómoda si pudiera hacer saber a mi padre o a Tarik que estoy a salvo.

–Eso es imposible –afirmó él mientras comenzaba a andar por la habitación–. No exageraba al decirte que este incidente puede provocar una guerra. Y ninguno de los dos lo desea, ¿verdad?

–Estarán frenéticos. Imagínate durante un segundo cómo se sentirán. Lo más probable es que crean que he muerto, o que me han vendido, que es lo que ha sucedido. Creerán que corro grave peligro. Podría hablar con Tarik. Déjame hacerlo.

Él negó con la cabeza.

—Voy a contarte un cuento.

—Espero que acabe bien.

—Aún no ha acabado. Serás tú quien decida el final, así que escucha atentamente. Érase una vez un niño que vivía en un lujoso palacio y que esperaba ser rey algún día. Pero un ejército enemigo atacó el palacio y asesinó al jeque y a su esposa. Solo el niño se salvó. Sería rey a los dieciséis años. Pero había un problema. El tío del chico ordenó una investigación que concluyó que el chico era culpable de la muerte de sus padres.

Zafar hablaba sin rastro de emoción. Producía más temor que si estuviera furioso o dolido. Pero lo contaba con una frialdad y una indiferencia totales.

—Fue obligado a exiliarse en circunstancias sospechosas, y el destierro duró quince años. El tío gobernó mientras tanto, el pueblo era presa de la desesperación y el país estaba al borde de la ruina. ¿De quién era la culpa? Del chico, desde luego. Un chico que sobrevivió solo durante todos esos años y que ahora es un hombre que debe asumir el trono. ¿Te das cuenta de todo lo que hay en mi contra?

—Lo entiendo. Pero te voy a contar un cuento sobre una niña que... No, mejor digamos que, hace seis o siete días, desaparecí de una excursión por el desierto en la que no debía estar. Mis amigos estarán frenéticos; mi prometido... preocupado—. Decir que estaría destrozado sería exagerar. Tarik era un hombre sereno—. Mi padre estará desconsolado. Soy todo lo que tiene.

Mientras lo decía, esperó que fuera verdad. Deseaba que su padre estuviera apesadumbrado, pero siempre había tenido miedo de que su vida fuera mucho más sencilla sin ella.

–Tienes que entender una cosa –dijo Zafar–. Te están buscando de manera discreta. Se ha recibido una llamada en palacio diciendo que la futura esposa del jeque de Shakar ha desaparecido y que, si fuera hallada en As-Sabah, mi reinado establecería el récord de la brevedad. Soy todo lo que el país tiene. Para que mi pueblo tenga futuro debo permanecer en el trono. Eso es innegociable.

–¿Y si trato de marcharme?

–Te detendrán. Pero dudo mucho que intentes escapar.

–¿Por qué?

–Porque eres una mujer sensata que no querría tener las manos manchadas de sangre. Sé de lo que hablo. Aunque tú no la derrames con tus propias manos, la sangre nunca se limpia.

Ella pensó que decía la verdad. No tenía muchas opciones. Podía intentar huir, tratar de hallar el camino de vuelta, tratar de llamar a Tarik, que irrumpiría en el palacio y...

Miró a Zafar. ¿Se fiaba de él? ¿Creía de verdad que la liberaría?

Lo creía porque había pasado una noche a solas con él en el desierto y la había abrazado por la cintura para que dejara de temblar. Y no se había aprovechado de ella, no la había tocado de forma inadecuada ni le había hecho daño alguno.

–¿Cuándo vas a liberarme, con independencia de lo que está sucediendo? Tienes que darme una fecha límite.

–No creo que pueda.

–Te lo exijo. No más de un mes.

–Así será.

El hecho de que él hubiera accedido no disminuyó la inquietud de Ana. Treinta días. Treinta días en aquel palacio, cautiva de aquel hombre. Al pensarlo, sin embargo, sintió una extraña ligereza.

–No eres mi prisionera.

–¿En serio? Entonces, ¿soy libre de marcharme?

–No, de ninguna manera.

–¿Soy o no soy tu prisionera?

–¿Te he encerrado en un calabozo? ¿Lo que hay en la mesa es pan y agua? No, te he dado fruta y una cama.

–Entonces, soy una prisionera bien alimentada, con una almohada para dormir.

–Como quieras. La diferencia entre esto y estar prisionera es muy parecida a la de ser comprada o rescatada. Elige lo que te haga sentirte mejor.

Creo que voy a echarme una siesta.

–Muy bien. Y después cenaremos juntos.

–¿Cómo? ¿Por qué?

–Porque no puedo tenerte en el palacio y que parezca que estás prisionera.

–¿Por qué no? Le cuadra muy bien a tu papel de temible hombre del desierto.

–¿Es un cumplido?

–No, en serio, ¿por qué no?

–Porque lo único que me falta es que se sospeche que retengo a una americana contra su voluntad.

–Entonces, ¿qué quieres que piensen? Porque se acabará por saber quién soy, así que no puedo estar aquí como... tu novia.

Él se echó a reír. Su risa era extraña, como oxidada, como si llevara mucho tiempo sin haberse reído.

–No tengo novias, Analise.

–Ana –le corrigió ella–. Nadie me llama Analise.

–Ana, tengo amantes, si es que se las puede llamar así. Compañeras de cama, mujeres que me satisfacen y a las que satisfago físicamente.

Sus palabras deberían haberla horrorizado, pero no lo hicieron. En lugar de ello, crearon en su mente imágenes de él, con más piel morena al descubierto de lo que era decente, abrazando a una mujer. Una mujer de piel pálida y pelo rubio. Ana parpadeó para que las imágenes se desvanecieran.

–Nunca he tenido novia. Me hace pensar en flores, bombones y salidas al cine. Hace quince años que no veo una película. Y nunca he ido al cine.

–Me parece increíble.

¿Realmente no había ido nunca al cine? Se preguntó si Tarik vería películas. No lo habían hablado. Sus conversaciones giraban en torno a cosas importantes como el deber, el honor y el petróleo.

Pero no sobre películas. Y a ella le gustaban.

–Me he centrado en la supervivencia diaria y en tratar de que no se marginara del todo a las tribus beduinas. Pero, sí, tal vez hubiera debido buscar tiempo para ver películas.

–Pero has tenido tiempo libre: tienes amantes –afirmó ella ruborizándose porque las imágenes anteriores habían vuelto. Y a la mujer se la veía con mayor claridad. No podía pensar esas cosas. Una mujer tan práctica como ella no podía tener fantasías sexuales.

–En efecto, pero el sexo me parece mucho más interesante que ver la televisión.

–Muy bien. Voy a dormir la siesta.

–Hasta la hora de la cena. Te mandaré un vestido.

–Estupendo. Me preocupaba no tener el mejor aspecto posible para ti.

Él volvió a reír de la misma forma inquietante que antes.

–Eso sería trágico.

–Lo sé. Ahora, vete.

–Das muchas órdenes para ser...

–Eso, ¿qué soy?

Él la miró fijamente con sus ojos oscuros.

–Tienes un montón de opiniones sobre cómo debo obrar. Y, desde luego, te han enseñado a comportarte como un miembro de la realeza, cosa que haces salvo cuando dejas que tus palabras te delaten.

–¿Se ve que me han enseñado a comportarme como un miembro de la realeza? –preguntó ella medio en broma.

–Sí, en la forma de estar de pie, de sentarte, en la compostura que guardas incluso en situaciones difíciles. Teniendo en cuenta que acabo de tener una reunión con un embajador que ha ido muy mal...

–¿Ah, sí?

–Lo he amenazado con borrarlo de la faz de la tierra.

–¡Vaya!

–Y él lo ha hecho con ir a hablar con la prensa, por lo que, como deberé aparecer en público muy pronto, no es de extrañar que necesite ayuda.

–¡Ah!

–Veo que comienzas a entender el problema. Y creo que puedes ayudarme.

Ella tragó saliva. Aquello no pintaba bien. Él sonrió, lo cual la puso aún más nerviosa.

–Ana, creo que estás aquí para enseñarme a ser civilizado.

Mientras se ponía el vestido, Ana se preguntó qué demonios había querido decir Zafar, y se lo siguió preguntando mientras deambulaba por el vestíbulo.

El palacio tenía muy escaso personal y estaba extrañamente silencioso, a diferencia del palacio de Tarik. Recorrió pasillos vacíos y tuvo una idea. ¿Y si buscaba un teléfono?

Fue mirando en distintas habitaciones hasta encontrar uno. Se acercó a él. Le sudaban las manos.

Podía llamar a Tarik, se sabía de memoria su número personal. Se imaginó lo que le diría y lo que él le contestaría. ¿Y si movilizaba los helicópteros y el ejército de tierra y atacaban el palacio? Todo lo que Zafar se estaba esforzando en conseguir quedaría destruido.

Peor aún, ¿y si Tarik no hacía nada? ¿Y si esperaba a ver cómo se desarrollaban los acontecimientos?

La idea la puso enferma. Trató de olvidarla, pero era una duda insidiosa que llevaba días abriéndose camino en su cerebro.

¿Y si ella no le importaba? Era cierto que se había establecido comunicación con Zafar y había habido amenazas, pero se trataba de una cuestión política. ¿Y si, al haberse convertido en un inconveniente para él, Tarik la abandonaba?

Se apartó del teléfono. Como ya sabía dónde estaba, si tenía que hacer una llamada la haría más tarde.

Recorrió un pasillo. Oyó ruidos. Era la cocina. De allí llegó al comedor. Había una chica sirviendo algo de beber a Zafar, que estaba sentado en le suelo, sobre cojines, ante una mesa baja.

Estaba descalzo y había empezado a comer sin esperarla. Comía con las manos, como era costumbre allí, y lo hacía deprisa, como alguien que llevara mucho tiempo sin probar bocado.

Tomó un poco de arroz con la mano, se lo echó en la boca y se chupó los dedos. A Ana, el estómago le dio un vuelco.

Si hubiera que pagar una multa por tener malos modales, Zafar tendría que vender el palacio para pagarla. Verle no resultaba atractivo. Sus vergonzosos modales y el hecho de que no la hubiera esperado tendrían que haberla ofendido y disipar el magnetismo que la atraía hacia él.

Pero no lo hacían.

–Ana, siéntate, por favor –dijo él sonriendo.

Ella lo hizo frente a él.

–Dalia, déjanos solos. La señorita Smith y yo tenemos que hablar de negocios.

Dalia hizo una inclinación con la cabeza y dejó la jarra en la mesa mientras miraba a Zafar con adoración.

–Gracias –dijo él mientras daba un largo trago de su copa.

Cuando Dalia se hubo marchado, Ana dijo:

–En primer lugar, ¿qué es eso de señorita Smith?

–¿No te parece que es mejor que te llame Ana Smith que Analise Christensen? Es indudable que tu nombre aparecerá en los medios de comunicación, si no ha salido ya. No me han llegado noticias al respecto, por lo que deduzco que tu jeque te está buscando sin llamar la atención, lo cual es aún más peligroso, ya que no tengo forma de saber dónde está buscando.

–¿No ha movilizado el ejército y la prensa?

–No, que yo sepa.

Ella pensó que Tarik tendría sus motivos, que era una estrategia.

–Te quedarás en el palacio –prosiguió él–. Que te vean en público es peligroso. Te llamaré Ana o señorita Smith, como te he dicho, y me enseñarás buenos modales.

–¿Buenos modales?

–Es una simplificación, pero en eso puedes ayudarme. Llevo mucho tiempo al margen de la sociedad y ahora debo ser un rey que mi pueblo pueda aceptar. No aceptará a un bárbaro.

–Pero la chica que te ha servido, Dalia, parece ser seguidora tuya.

–Dalia procede de una de las tribus del desierto. Su familia tiene conmigo una deuda de gratitud, por lo que ella ha venido a servir al palacio hasta que encuentre servidores que me sean fieles.

–Le gustas.

–Es joven. Ya se le pasará.

–¿No te interesa?

–A algunos les gustan las jóvenes vírgenes; no es mi caso. No me interesa seducir a una mujer y partirle el corazón. No soy así.

–Muy bien, me siento mejor sabiendo que Dalia está a salvo –afirmó Ana.

«Y que yo también lo estoy», pensó.

Como si hubiera tenido que preocuparse por eso. Era evidente que él no la iba a forzar.

Pero le inquietaba su capacidad de seducción.

Se corrigió y se dijo que no le preocupaba, ya que eso implicaría que podía seducirla, lo cual no era verdad. Además, era joven y virgen, eso seguro, por lo que él no estaría interesado. Y aunque lo estuviera, le daría igual.

«¡Por Dios, Ana!», se dijo. «¿Has perdido el juicio?».

Zafar la retenía contra su voluntad y quería convertirla en la reina de los buenos modales. No había motivo alguno para que la pusiera nerviosa. Pero lo estaba, ya que recordaba cómo se había sentido cuando durmió en la tienda con su brazo alrededor de la cintura y su cuerpo fuerte y consolador detrás de ella.

No le había disgustado en absoluto, sino que hubiera querido permanecer así. Y cuando se despertó y vio que él ya no la abrazaba, lo echó de menos. Era cierto que estaba medio dormida y confusa, pero, de todos modos, era imperdonable.

Al sentirse así traicionaba al hombre que probablemente habría movilizado sus ejércitos para buscarla.

—¿Qué esperas que haga? Aparte de recomendarte que no amenaces a dignatarios, claro está –dijo ella–. ¿Enseñarte qué tenedor debes usar con la ensalada?

—Tal vez podrías enseñarme a relacionarme diplomáticamente o, al menos, a no asustar a mi interlocutor, algo que no he conseguido hoy, aunque creo que se lo merecía.

—Un momento, ¿lo dices en serio? ¿Quieres que te dé clases de buenos modales?

—Sería una forma de pasar el tiempo. La coronación tendrá lugar en menos de un mes, y mírame –dijo él indicando con la mano su figura. Ella lo miró y lo hizo más tiempo del necesario–. No soy el hombre que mi pueblo desea como líder.

—¿Por qué no? Eres fuerte y capaz de rescatar a da-

miselas en apuros cuando la ocasión lo requiere, cualidades ambas, en mi opinión, que definen a un líder.

–Pero reconocerás que me falta encanto.

–Sí, un poco sí.

–Eso no puede ser.

–Simplemente, trata de mostrarte más simpático.

–No sé hacerlo. He perdido la cuenta de los días que
llevo solo en el desierto, sin hablar con nadie. A veces
he viajado con otros hombres, pero he sido su líder, y
en el desierto los modales y la diplomacia no sirven
para solucionar los problemas. Me he pasado prácticamente los últimos quince años solo. Y aunque mi caballo es una buena compañía, no me responde cuando
le hablo.

–¿Cómo se llama? No me lo has dicho.

–No tiene nombre.

–¿Cómo es eso?

–Solo tengo ese caballo y, además, es poco probable
que se mezcle con otros o que no se sepa quién es su
jinete. Recuerda que viajo solo.

–Ya, pero... Yo le pongo nombre a mis mascotas.

–Mi caballo no es una mascota –dijo él en tono
seco–. ¿Le pones nombre a tus coches?

–No, pero hay gente que lo hace. Hay hombres que
incluso le ponen nombre a... –se calló, roja como una
amapola. ¿Por qué había dicho eso? Ella no decía esas
cosas delante de un hombre.

–Pues yo no –apuntó él sin rastro de humor en su
rostro.

–Me lo figuraba. Al margen de tu caballo sin nombre, ¿de verdad quieres que te ayude?

–Más que quererlo, lo necesito. Necesito que me
vean como a un hombre, no como a un animal. Nece-

sito que mi pueblo me vea como a un rey y, si sigo haciendo lo que he hecho hoy, eso no sucederá. ¿Estás dispuesta a rescatarme tú esta vez?

Ella pensó que era un trabajo, un proyecto, un propósito. Y ella siempre aceptaba un proyecto.

–Por supuesto.

Capítulo 5

ZAFAR no sabía por qué había sido tan sincero. ¿Y por qué no? Ella no se quedaría; de hecho, jamás diría que había estado allí. Se lo prohibiría, y ella se daría cuenta de por qué: para proteger a su pueblo y al futuro pueblo de ella.

No hacía falta que Ana Christensen lo considerara un líder infalible ni un temible guerrero, sino simplemente un hombre que necesitaba ayuda para acceder al trono con mayor facilidad y, preferiblemente, sin que el país vecino lo destronara.

Sintió una sensación extraña al pensar en que ella lo considerara un hombre. Apretó los dientes. No lo había pensado en ese sentido. Siguió golpeando el saco de arena frente al que se hallaba.

Estar en el palacio, no estar al aire libre, lo ponía nervioso. Tenía demasiada energía y no podía darle salida, por lo que dedicaba muchas horas a nadar, a hacer pesas o a golpear el saco de arena.

Cualquier cosa con tal de no sentirse como lo había hecho en la entrevista con Rycroft, de no sentir que la violencia era una bestia que llevaba bajo la piel esperando la ocasión propicia para salir.

Cualquier cosa para no sentir que se ahogaba entre aquellas paredes, que estaba enterrado en vida. Había pasado todo su destierro en el desierto, por lo que experimentaba una sensación de claustrofobia muy desagradable.

Por suerte, no disponía de mucho tiempo para esa clase de preocupaciones, ya que en cuestión de pocas semanas gobernaría. Tenía que decidir qué cara mostraría al mundo.

No la suya de verdad, naturalmente, ya que nadie querría entablar relaciones diplomáticas con una piedra hueca e insensible.

Necesitaba una máscara adecuada. Y Ana lo ayudaría a crearla.

—Kazim me ha dicho que estabas... ¡Oh!

Zafar se volvió y vio a Ana en la puerta del gimnasio. Con la mandíbula desencajada, no le miraba el rostro, sino el torso bañado en sudor. Y él mentiría si dijera que no le produjo placer.

Pero no la tocaría. Nunca. Era imposible. Un poco de lujuria satisfecha no valía la seguridad de un país.

«Y ha habido veces que has sucumbido a tus instintos, ¿verdad?».

Trató de no prestar atención a la insidiosa voz interior. No había lugar para arrepentimientos. Solo podía seguir adelante.

No podía borrar sus errores pasados. Los fantasmas siempre rondarían el palacio. Lo único que podía hacer era intentar que el futuro fuera mejor para su pueblo, que tanto había sufrido a manos de su tío.

—¿Que estaba...? —preguntó él.

—Aquí, pero no me ha dicho que estuvieras ocupado.

—¿Y qué creías que estaba haciendo en el gimnasio? ¿Rezar?

—No, pero creí que estarías haciendo esgrima o algo así, no boxeando.

—Así me mantengo en forma. Cuelgo el saco en la tienda cuando viajo.

—¿Esa cosa tan pequeña?

—¿El saco o la tienda?

—La tienda. El saco no lo es.

—La tienda que llevaba la noche en que te rescaté no es con la que suelo viajar —se secó el sudor de la frente y comenzó a quitarse el esparadrapo de las manos.

—¿Y a qué debo el placer de la experiencia de la minitienda? —preguntó ella sonrojándose.

Al ver el color en sus mejillas, él recordó aquella noche.

Lo que había sentido al tenerla en sus brazos, pequeña y suave.

Dulce.

Pero no era para él, ni siquiera aunque la hubiera conocido en la calle, porque lo único que hacía con una flor era romperle los pétalos.

—No tenía sentido llevar exceso de peso, así que se la cambié por la suya a un hombre que me encontré, que me dio, además, comida y dinero. Tuviste suerte, ya que, si no la hubiera cambiado, no habría tenido dinero para comprarte.

—Para rescatarme.

—Como quieras.

—Creí que habíamos llegado a un acuerdo sobre el término.

—A mí me da igual uno que otro.

—Uno te convierte en un héroe; el otro, en un canalla.

—Lo dices como si creyeras que tengo preferencia por una de las dos cosas.

—¿Y no es así?

–No especialmente. No tengo que ser bueno, Ana, solo tengo que ganar. As-Sabah tiene que ganar. Lo demás no importa.

–¿Y harás lo que sea para ganar?

–Lo que sea.

Ana lo creyó y sintió un escalofrío. Pero no la repelió ni tuvo ganas de salir corriendo, sino de acercarse más a él.

Se sentía como una niña frente a una hoguera, fascinada por el calor, sabiendo que el fuego podía ser peligroso, pero sin tener una noción exacta del daño que podía causar.

Se mantuvo inmóvil, sin alejarse ni acercarse a Zafar.

Le había parecido deslumbrante con las ropas del desierto; muy guapo con la camisa de lino y el pelo mojado. Sin camisa, el largo cabello escapándosele de la banda de cuero que se lo sujetaba, el cuerpo reluciente de sudor... desafiaba la realidad.

No se parecía a ningún otro hombre que ella conociera. Era masculinidad pura y dura. No había ninguna suavidad en él, nada que la hiciera sentirse segura. Mirarlo la dejaba sin aliento.

Sabía lo que era la atracción. Tarik la atraía. Era guapo, besaba muy bien, aunque sus besos eran breves.

Era todo lo que podía pedir.

Sin embargo, de pronto se le habían abierto los ojos y se había dado cuenta de que había más en un hombre, de que mirar a un hombre podía hacer que se sintiera de determinada manera. Y no sabía si era atracción o algo más, porque no era la atracción que había experimentado la semana anterior.

Era algo profundo y visceral, y muy perturbador.

Una mezcla de atracción y adrenalina, la que sentiría cualquier mujer ante un hombre con semejantes cualidades masculinas. Era como un imperativo biológico: un hombre fuerte produce mucho esperma y buena descendencia.

Rechazó esos pensamientos y trató de centrarse en la conversación.

—¿El fin justifica los medios? —preguntó.

—Sí, pero lo que debes entender es que tengo que gobernar un país y debo parecer presentable mientras restauro el orden.

—Dime, por favor, que no eres un dictador loco, porque no quiero contribuir a instalar en el trono a un hombre que vaya a convertir el país en un estado militar.

—No podré ser ninguna clase de gobernante si mi pueblo no me acepta. Dentro de dos semanas hay prevista una recepción, una fiesta para celebrar la llegada del nuevo jeque, una demostración de fuerza al resto del mundo. La ha organizado mi consejero.

—¿Uno de esos tipos grandes, polvorientos y con aspecto de piratas del desierto?

—Sí.

—¿Y saben algo de esas cosas?

—Mucho. Antes de perder a su familia, Ram era el jefe de la tribu más numerosa de As-Sabah. Pero no pudo seguir. Ni que decir tiene que se trata de un hombre que entiende lo que es el poder y cómo conseguirlo y conservarlo.

—¿Perdió a su familia?

—Sí. ¿Sabes lo que hizo mi tío mientras gobernaba? Subió los impuestos, sobre todo a los beduinos. Y te aseguro que sus hombres los recaudaban, aunque fuera quitando a la gente los rebaños o robándoles sus pertenencias de las tiendas. Redujo servicios como las unidades médicas móviles o las escuelas. La gente moría a causa de la pobreza y el abandono.

–Ram...

–Él también sufrió. Mi tío sí tenía un harén, no como yo. Y, cuando podía, robaba las hijas de sus súbditos y se las traía aquí. A mi tío le gustaban jóvenes y vírgenes –su voz era dura y en su rostro había una expresión de asco. La ira que emanaba de él indicaba cómo era en realidad. En el fondo, por mucho que dijera que el fin justificaba los medios, era un buen hombre que despreciaba que se hiciera daño a los débiles, que buscaba justicia, sin importarle el coste.

–¿Salvaste a Dalia de ese destino? –preguntó ella con la voz quebrada. Comenzaba a entender que Zafar se había rodeado de personas que habían sufrido y que ahora lo ayudaban y constituían el personal del palacio.

–Sí, pude ayudarla antes de que se la llevaran.

–¿Cómo?

–Digamos que los hombres que la capturaron no pudieron marcharse con ella. Dejémoslo así.

–Muy bien –dijo ella.

–Ya te he dicho que mis manos están manchadas de sangre. Estoy dispuesto a luchar por mi pueblo hasta la muerte, pero, para eso, debe confiar en mí. Y aunque confío en mi capacidad de buscar justicia y destruir a nuestros enemigos, no lo hago en mi habilidad como orador ni como diplomático.

–Si movemos bien las fichas, tal vez pueda ayudarte a restablecer las relaciones entre As-Sabah y Shakar. Podríamos cenar juntos después de que Tarik y yo nos casemos –propuso ella.

Pero eso le resultaría muy violento. ¿Le contaría a Tarik lo que le había sucedido o comenzaría su matrimonio con una mentira?

El teléfono seguía allí. Siempre podía llamar.

Miró a Zafar a los ojos y supo que no lo haría. Aún no.

No podía abandonarlo a él y a su pueblo tal como estaban las cosas. La había rescatado pudiendo haberla dejado en manos de sus secuestradores. Podía haber abusado de ella. Pero no era de esa clase de hombres.

Entonces, decidió que lo ayudaría y que dejaría de sentirse inútil. Si tenía que quedarse allí, haría algo de provecho.

Y civilizar a Zafar no era un logro pequeño.

–¿Has pensado cómo vamos a hacerlo? –preguntó ella.

–He pensado que podrías aconsejarme.

–Por ejemplo, no puedes ir a una cena llevando solo pantalones. ¿Cuánto hace que no acudes a una cena de estilo occidental?

–Hace mucho.

–Claro que cuando seas tú quien dé la cena, será elección de los invitados respetar tus costumbres.

–Realmente, te han educado muy bien.

–No ha sido Tarik. Mi madre se marchó cuando yo era muy pequeña y me quedé sola con mi padre. Es un importante empresario; de hecho, es un magnate del petróleo.

–Comienzo a entender la relación que tienes con Tarik y Shakar.

Ella se sonrojó de disgusto ante lo que implicaban sus palabras: que lo único que importaba era el petróleo. Sabía que era un factor determinante, pero también intervenían los sentimientos.

–A medida que fui creciendo, comencé a ayudarlo a organizar cenas y fiestas. Yo era la anfitriona en muchos casos. Me resultaba agradable ayudarlo. Así que puede decirse que esa es una de mis habilidades. Otra es la diplomacia. Fui a escuelas donde me enseñaron a desenvolverme en reuniones sociales. Sé hacerlo en cualquier tipo de situación. Cuando se reúnen muchas personas, algunas de las cuales compiten por los mismos empleos, los mismos derechos de explotación petrolífera o el mismo dinero, las cosas pueden ponerse tensas.

–Supongo que tienes trucos para rebajar la tensión.

–El arte de conversar o, mejor dicho, el arte de conversar de manera anodina e inofensiva. En tu caso, tendrás que relacionarte con políticos de todo el mundo, lo cual será...

–Un nido de víboras.

–Más o menos.

Ana comenzó a sentir brotar en ella la energía. Tenía un objetivo, algo en lo que centrarse. Iba a formar parte de un nuevo comienzo en aquel país.

Era capaz de llevar adelante aquel cometido. Aunque no fuera a pedir que se lo agradecieran, comenzaría a desempeñar su papel de esposa de Tarik haciendo algo valioso.

Se sorprendió al darse cuenta de que confiaba en Zafar.

–Mañana desayunaremos en el jardín y hablaremos de cubiertos y objetos de plata.

–¿Llevo quince años sin tener una conversación como es debido y quieres hablar de cubiertos de plata?

–Te he dicho que la forma de llevarse bien con la gente es hablar de cosas insulsas. ¿Se te ocurre algo que pueda serlo más?

Estaban sentados en el jardín más bonito que Ana había visto en su vida. Plantas de exuberante verdor cubrían el muro que separaba el palacio del resto del mundo.

La combinación de la sombra y el agua de las fuentes hacía que el lugar fuera agradable incluso a media mañana, aunque más tarde el calor fuera insoportable.

–Te he pedido un desayuno americano –dijo ella mientras se ponía la servilleta en el regazo y cruzaba las manos–. Huevos con beicon.

–¿Crees que muchos políticos desayunarán eso?

–Es un hecho objetivo, Zafar, que a todo el mundo le gusta el beicon. Puede ser de pavo, si debes observar restricciones alimentarias.

–No soy tan devoto.

A ella no le sorprendió. Zafar solo dependía de sí mismo.

–Ha salido en la prensa –dijo él.

–¿El qué?

–Que he amenazado al embajador Rycroft. Dice que me ha conocido y que soy un salvaje, que mis ojos no indican que haya superado el estadio animal. A la prensa le ha encantado la descripción, así que me ha crucificado.

–Lo lamento.

–Lo cual implica que mi presentación pública es aún más importante, que esto que vamos a hacer es más importante.

–Entiendo. ¿Cada cuánto viajabas con los hombres que hay aquí?

–Una vez al mes patrullábamos juntos. Pero muchos de ellos tenían casa, en tanto que yo iba de un lado a otro.

–Pero no hablabais mucho.

–No. Viajábamos juntos por el desierto tratando de reparar el daño que había causado mi tío. Pero no teníamos conversaciones profundas.

–¿Por qué?

–Alguien tenía que hacer guardia. Y yo quería que mis hombres descansaran. Pero nos contábamos historias.

–¿Historias?

–Cuentos morales. Es una tradición en nuestra cultura: cuentos con moraleja.

–¿Así que formabais un ejército en el desierto?

–No era ni la mitad de romántico. Teníamos que proteger a nuestra gente porque estaban sitiados. Era cuestión de necesidad.

–Si tu pueblo supiera lo que has hecho por él, te aceptaría como líder.

–Tal vez. O tal vez no significara nada para él y solo recordara lo que sucedió aquí.

–¿Qué sucedió?

Zafar apretó los dientes. Odiaba hablar del día en que sus padres murieron, cuando su pueblo y él lo perdieron todo.

Y detestaba aún más hablar del papel que había desempeñado. Pero tenía que hacerlo, ya que ella debía saber por qué lo despreciaban tanto.

–Había mucha tensión. Corrían rumores de que la familia real podía sufrir un ataque. Se cambiaron rutinas y se tomaron medidas de seguridad. El jeque y su esposa se preparaban para esconderse hasta que cesara la amenaza. Pero alguien nos traicionó y comunicó a nuestros enemigos la hora en que la familia real iba a salir del palacio. No pudieron escapar.

–No entiendo qué culpa tienes en todo eso.

–Fue culpa mía. Desde entonces, he intentado cada día expiar la destrucción que causé a mi pueblo. Por eso anticipa mi caída. Merecía que me desterraran. Fui responsable de la muerte de mis padres. Y la gente de As-Sabah tiene buena memoria y no olvida que sus bienamados gobernantes no están aquí por mi culpa.

Capítulo 6

ZAFAR vio que los ojos de Ana comenzaban a expresar horror y casi se alegró. Necesitaban algo que eliminara la tensión que había entre ellos, que los aproximara mutuamente, por mucho que se resistieran.

Por mucho que él mismo se resistiera con todas sus fuerzas.

Había algo fascinante en ella, tentador. Pero sabía lo que sucedería si la tocaba: se declararía la guerra.

–Seguro que, hicieras lo que hicieras, no fue a propósito, Zafar.

–No, no fue a propósito, lo cual es aún peor. Fui un estúpido que se dejo manipular por confiar, por amar.

Ella lo miró confundida ante la idea de que hubiera estado enamorado, lo cual le pareció increíble.

–Si fue un accidente... –dijo ella.

–No, no hay justificación posible.

No quería contarle la historia de Fatín y de cómo lo había dominado; de cómo, durante un tiempo de extrema incertidumbre sobre el futuro de su familia y de su país, solo había sido capaz de pensar en esa mujer; de cómo la había deseado.

Por suerte había extirpado de sí ese sentimiento débil y lamentable. Se había sacado el corazón y lo había dejado quemarse en el desierto hasta sentirse inmune a todo, endurecido hasta tal punto que nada le importase lo más mínimo.

Nada salvo la causa de su pueblo.

Ella tenía que saber qué clase de niño había sido y el hombre en el que se había convertido.

Debía saber por qué había enterrado a aquel niño y había destruido cualquier rastro de ternura en su interior para que surgiera un hombre mejor, alguien incapaz de volver a causar tanta destrucción.

–Como la mayoría de los cuentos, este comienza con una mujer.

Ana sentía una enorme curiosidad por esa mujer que había emocionado a Zafar. Y se dio cuenta de que a él le gustaba explicar las cosas así, como si fueran un cuento, como si él fuera el narrador en vez del protagonista.

–Era una criada de palacio, hermosa, inteligente y ambiciosa. No quería seguir sirviendo toda la vida. Deseaba algo más y estaba dispuesta a hacer lo que fuera para conseguirlo, incluyendo seducir al joven príncipe de la familia real a la que servía.

Zafar hablaba con la frialdad e indiferencia de un narrador. No era una confesión emocionada.

–Fue la primera mujer con la que estuvo el príncipe. Cuando ella le preguntó cuándo iban a trasladarse el jeque y su esposa por motivos de seguridad, él se lo dijo porque, en ese momento, con el deseo saciado después de haber hecho el amor y el corazón lleno de esperanza ante un futuro junto a ella, le hubiera respondido a cualquier pregunta. Y aquella le había parecido nimia, y no había tenido en cuenta que la respuesta supondría un cambio total para el país.

–¿Cómo sobreviviste, Zafar?

–Yo no era el objetivo. Era fácil librarse de mí de otra forma.

–No me refería a tu supervivencia física.

–Muy sencillo: identifiqué el problema y lo arranqué de raíz, metafóricamente hablando. Aparté de mí todo sentimiento o emoción y me centré en recuperar As-Sabah, no para mí, sino para mi pueblo.

–¿Y el joven que lo entregó todo por amor? –preguntó ella mirando al hombre endurecido mientras casi dudaba que el Zafar del cuento y el que se hallaba frente a ella fueran el mismo.

–Lo dejé en el desierto.

Se había destruido y rehecho a sí mismo, pensó ella.

–No lo idealices –dijo él con voz dura.

–¿A qué te refieres?

–No lo consideres un gesto romántico. Solo era un joven de dieciséis años que pensaba con el sexo. Eso no tiene nada de romántico. Un hombre enamorado es débil después del orgasmo, y ella lo sabía. Pero no trato de justificarme. No habría tenido poder sobre mí si yo hubiera sido más fuerte. No volverá a suceder. No hay nada más importante para mí que mi pueblo, y no haré nada que pueda poner en peligro mi lealtad hacia él –a Zafar le brillaban los ojos–. Nada.

Y ella supo que la incluía, que con independencia de lo que ella deseara y del tiempo que estuviera retenida en el palacio, si eso ponía en peligro lo que él consideraba la seguridad de su pueblo, él la utilizaría como un medio para conseguir sus propósitos.

Se estremeció. Su fascinación por Zafar crecía y, si no tenía cuidado, acabaría perdiendo el control, lo cual era impensable.

Tenía una misión que no se relacionaba con deseos ni temblores ni nudos en el estómago.

Iba a contribuir a que el jeque de As-Sabah se civilizara y, con suerte, a asegurar el futuro de dos países.

Capítulo 7

ZAFAR no había visto tantos documentos en su vida: leyes, normas, pagos de impuestos... Debía leerlos y firmarlos. Cada vez que acababa con un montón llegaba otro.

Le faltaba el aire. No estaba acostumbrado a estar encerrado y condenado a estampar su firma por toda la eternidad.

Se puso de pie y respiró hondo. Echaba de menos el calor y el espacio del desierto. Cerró lo ojos, pero en vez de aparecérsele la imagen del desierto, como esperaba, se le apareció la de una mujer rubia de labios carnosos y sonrosados.

Abrió los ojos, agarró la pluma y unos cuantos papeles y salió al pasillo. Tal vez fuera mejor no usar el despacho y trabajar al aire libre.

Pero en vez de dirigirse al patio, se encaminó a la habitación de Ana.

Le ardía la sangre, y no daba crédito. Había pasado temporadas muy largas sin compañía femenina. De hecho, su vida sexual llevaba mucho tiempo aletargada. Normalmente veía a sus amantes una o dos veces al año, pero en ocasiones se había pasado más de un año sin hacerles una visita.

Si no se equivocaba, ya llevaba más de un año sin

tener sexo, lo que explicaría por qué Ana se le había introducido en el cerebro como lo había hecho.

Había suprimido la necesidad de tener emociones, pero no la del sexo. De todos modos, no era habitual que lo deseara de aquella manera.

Entró en la habitación sin llamar. Esas convenciones no eran para él.

–Habla conmigo –dijo sentándose en una silla y poniéndose los papeles encima de la rodilla.

Ana estaba de pie, inmóvil, mirándolo con los ojos como platos. Llevaba una camiseta y unos pantalones cortos que dejaban al descubierto sus blancas piernas. Zafar se preguntó quién habría pensado en proporcionarle ropa occidental, pero no había motivo para que no se vistiera como le resultara más cómodo.

–¿Qué haces aquí? –preguntó ella.

–No soporto estar en el despacho. Habla conmigo mientras acabo esto.

–¿De qué quieres hablar?

–No lo sé. Me da igual. Vamos a conversar. Se supone que es algo que alguien en mi posición debería hacer.

–¿Por qué no hablamos de por qué se debe llamar a la puerta de la habitación de una mujer antes de entrar?

–No quiero hablar de eso. Es aburrido.

–Pues yo, sí. Me acabo de poner la camiseta. Me estaba cambiando.

Sus ojos se encontraron y saltaron chispas de deseo. A él se le aceleró la sangre y su masculinidad se endureció. Estaba listo, en caso de que el deseo no fuera solo suyo.

De todos modos, era algo que no sucedería.

Eso hizo que ella le resultara más tentadora.

–Pero no he visto nada que no debiera. Así que, habla conmigo.

–Qué buen tiempo hace. No, espera, nunca hace buen tiempo aquí. Hace tanto calor y el ambiente está tan seco que me he rascado el brazo y he sangrado.

–¿Necesitas crema corporal? Puedo pedir que te la traigan.

–Sí, la necesito. Y laca de uñas. Y maquillaje.

–Como quieras.

–Te juro que normalmente no me arreglo tanto, pero me aburro. No me apetece salir por el calor y no puedo leer libros. Supongo que un ordenador para acceder a Internet será impensable.

–Supones bien. Si tan aburrida estás, aprovecha la ocasión para comenzar a educarme. Enséñame a mantener una conversación civilizada. Háblame de ti. Yo ya te he hablado de mí.

Ella suspiró y negó con la cabeza. Era hermosa. Zafar entendía por qué el jeque de Shakar quería tenerla a su lado: las posibles transacciones petrolíferas no eran el único motivo.

Lo más probable era que Tarik se considerara muy afortunado. Su matrimonio reforzaría su país y su riqueza, y tendría una esposa bella y elegante.

–¿Que te hable de mí? No soy nada interesante. Nací en Texas, aunque prácticamente solo he pasado allí las vacaciones escolares. Mi padre es un magnate del petróleo. Se le da bien buscarlo. Suele hacerlo en terreno privado, lo que le reporta tanto a él como al dueño del terreno mucho dinero.

–No te he pedido que me hables de tu padre, sino de ti.

–A la gente le suele interesar lo que hace.

—Y tú te dedicas a organizarle las fiestas, etcétera.

—Sí.

—Vamos a suponer que me importan un pito el dinero y el petróleo, lo cual es verdad.

—Muy bien —afirmó ella tratando de reprimir una sonrisa.

—Háblame de ti.

Zafar se había dado cuenta de que quería conocerla. Estaba deseoso de saberlo todo, cada detalle de aquella mujer que sabía resistir la presión, que parecía vulnerable, pero que en el fondo era de hierro.

—Pues fui a una escuela femenina en Connecticut. Era muy estricta, pero me gustaba. Volvía a casa en vacaciones y en verano.

—Supongo que para ayudar a tu padre en sus eventos.

A ella le irritaron levemente sus palabras.

—Sí.

—¿Y tu madre?

—Se marchó cuando yo tenía trece años.

—¿Adónde?

—No lo sé. Estuvo en Manhattan durante cierto tiempo y después se fue a España. Ahora no sé dónde está ni me importa.

—¿Estás resentida con ella?

—Sí, claro que lo estoy. Me abandonó.

—Y, al no estar ella, tu padre se quedó contigo.

—Sí. ¿Cuándo te has vuelto tan perspicaz?

—Llevo más de una década a solas con mis pensamientos. Pensar demasiado a veces no es bueno, pero te vuelves perspicaz, lo quieras o no.

—Ya veo. ¿Y tuviste alguna revelación sobre ti?

Ana se cruzó de brazos y él le miró los senos. Eran perfectos, le cabrían en la mano. Se imaginó su blandura y los duros pezones sobre su piel.

–Solo una.

–¿Cuál?

–Que era débil y que no podía seguir siéndolo.

–¿Eso es todo?

–Que estaría mejor muerto, porque así no podría seguir haciendo daño. Pero que, si continuaba viviendo, tal vez pudiera reparar el mal causado. Así que decidí vivir.

–Reconozco que nunca he pensado que estaría mejor muerta, pero sé cómo se siente uno cuando necesita reparar el daño causado.

–Sé que lo sabes, pero, al menos, no fuiste tú la que provocó el daño.

–¿Acaso importa quién lo hiciera?, ¿o lo grande que fuera? El daño está hecho y alguien es responsable. Y alguien debe tratar de recomponer los pedazos de lo que se ha roto.

–Así que eso eres tú: el pegamento.

–Eso espero.

–¿Y ahora?

–Ahora te ayudaré en lo que necesites.

–¿Por qué estás ahora tan dispuesta a ayudarme? Casi pareces contenta de formar parte de mi cultura.

–Lo estoy. Se ha convertido en mi objetivo, y te aseguro que, si digo que voy a hacer algo, lo hago, y lo hago bien.

–Ser buena es importante para ti.

–Lo más importante.

Ana se sentía un poco violenta por haber hablado con tanta sinceridad. Pero ¿por qué no iba a haberlo hecho? Él le había contado todo sobre sí mismo, hasta la indiscreción juvenil que había sido la causa de la muerte de sus padres. Ella no le había dicho a nadie que necesitaba ser buena, realizar la elección correcta; que siempre tenía la impresión de que todo dependía de ella; que tenía que hacerse necesaria para que las personas que quedaban en su vida no decidieran que les causaba demasiados problemas.

Para que no la abandonaran por sus errores.

—Verás, no creo que tener razón o ser bueno sea lo más importante –dijo Zafar mientras firmaba un documento sobre la rodilla.

—¿Ah, no?

—No, lo importante es el resultado, sin tener en cuenta cómo se ha obtenido.

—¿Eso lo dice alguien que salvó a una mujer de acabar en el harén de su tío?

—Lo dice alguien que ha comprado a una mujer secuestrada y que la retiene en su palacio hasta estar seguro de que su país se ha estabilizado –respondió él mirándola con intensidad.

Ella sintió que le ardían las mejillas y que el corazón le latía con fuerza. Estaba furiosa porque no le gustaba que le recordaran que estaba en desventaja. No le hacía gracia reconocer que, allí, era Zafar quien tenía el poder, quien tenía la llave de su celda.

—Tienes que afeitarte –dijo ella. Iba a establecer normas y a iniciar su proyecto. Si debía quedarse en el palacio, no iba a ponérselo fácil a Zafar.

—¿Que tengo que afeitarme?

—Sí. Parece que acabas de salir arrastrándote de una duna –no era cierto. Parecía peligroso, perverso y sexy, y otro montón de cosas que no quería reconocer–. Tienes que ser más refinado. ¿No quieres eso, que te dé un buen repaso?

Él enarcó una ceja.

—Dicho así...

Ella se ruborizó.

—No lo digo en ese sentido. ¿Por qué todo lo interpretas desde el punto de vista sexual?

—Los hombres tenemos esa tendencia.

—Pues, para.

—¿Por qué te molesta? ¿Temes que me vaya a insinuar?

Ella negó con la cabeza.

—No, ya sé que no.

—Ah, entonces lo temes porque te gusta, porque te resulta entretenido, y sabes que no debería ser así, o porque estás fascinada por cómo hace que te sientas, lo cual sabes que está prohibido.

—No estoy fascinada, como dices, ni siquiera me divierte.

—No te creo.

—Me da igual. Además, si lo estuviera, ¿cambiaría algo?

Ella contuvo la respiración durante el silencio que siguió, incapaz de hacer nada para reducir la tensión que se había producido entre ellos.

—Nada en absoluto.

—Eso pensaba. Al menos, no cambiaría para mí. Estamos unidos por lo mismo, Zafar: por la necesidad de hacer las cosas bien y la de reparar el daño causado. Entonces, ¿qué te parece lo de afeitarte?

Él se acarició la barbilla.

—Voy a pedir una navaja.

—¿Vas a hacerlo aquí?

–Sí.

–Muy bien. Pide lo que necesites.

Ana se apoyó en el lavabo mientras Zafar miraba el cuenco de espuma caliente, la brocha y la navaja que le había traído una criada.

Ella tembló al pensar en la hoja de la navaja tocándole la piel. Sus manos, tan grandes y masculinas, no parecían adecuadas para deslizar la hoja por la piel sin hacerse daño.

–Creo que será mejor que seas tú la que lo haga –dijo él.

–¿Yo?

–Sí. Soy todo tuyo para que me civilices, y afeitarme ha sido idea tuya. Así que, adelante.

Ella tuvo la sensación de que la estaba desafiando. Y no estaba dispuesta a echarse atrás.

–Tienes agallas, desde luego, al darme una navaja.

–Lo dices como si creyeras que puedes vencerme físicamente.

–Tengo un arma.

Él la agarró por la muñeca y apretó el pulgar buscándole el pulso. Ella pensó que se habría dado cuenta de que se le había acelerado. Zafar era muy fuerte y Ana sabía que, si se lo proponía, podía romperle la muñeca con una sola mano.

–En efecto, así es –afirmó él sonriendo–. ¡Qué miedo!

La soltó y retrocedió unos pasos. Se sacó la túnica por la cabeza y la tiró al suelo. Se acercó al lavabo y se agarró al borde con fuerza. Ella no podía dejar de mirarlo. Los músculos abdominales se le marcaban cada vez que tomaba aire. El vello no los ocultaba.

Era un hombre mucho más masculino del tipo al que estaba acostumbrada.

Tragó saliva.

—Muy bien.

—Te aconsejo que seas valiente. No quiero que la hoja tiemble en tus manos.

—No uso una navaja, pero me depilo las piernas todos los días.

Se cruzó de brazos y decidió que, ese día, se dejaría de diplomacias y sería atrevida. Lo había sido tiempo atrás: una niña que corría en vez de andar, que se reía a carcajadas, que decía lo que pensaba... Hasta que toda esa actividad y ese desparpajo habían conseguido que su madre se fuera.

Y Ana había temido que también la abandonaran su padre y sus amigas del colegio. Y Tarik.

Pero ninguno de ellos estaba allí, solo Zafar y ella.

—Y también me depilo la línea del biquini. Es una tarea delicada, así que creo que podré arreglármelas con esto.

Algo oscuro e intenso brilló en los ojos de él, algo que nunca había visto antes. Ni siquiera Tarik la había mirado así.

Y llevaba deseándolo mucho tiempo, aunque no se había dado cuenta hasta ese momento, hasta que la excitación y el deseo le bañaron la piel y se le introdujeron en las venas para desembocarle en el estómago.

Los senos comenzaron a pesarle y los pezones se le sensibilizaron. Se dio cuenta, de repente, de que los sentía. Zafar había hecho magia, había producido en ella un deseo que nunca había experimentado.

—Muy interesante —dijo él.

–Sí, bueno. ¿Está caliente? –preguntó señalando el cuenco lleno de espuma.

–No me importa.

–Pues a mí, sí. Tener los poros abiertos facilita las cosas. No me gustaría despellejarte.

Él se encogió de hombros.

–No puedes hacerme daño.

–¿Acaso eres inmortal? –preguntó ella mientras agarraba la brocha.

–No, pero he experimentado todas las clases de dolor que existen.

–Eres demasiado alto. Tienes que sentarte.

Y él lo hizo en el pequeño taburete que había en el cuarto de baño. Era un taburete de mujer; toda la habitación lo era. En ese entorno, él le resultó aún más sexy.

Ella agarró una toalla que había dentro de una palangana de agua caliente y la apretó contra el cuello y la cara de Zafar. La dejó ahí mientras mojaba la brocha en la crema de afeitar.

–Echa la cabeza hacia atrás.

Le quitó la toalla y la dejó en el borde del lavabo. Después le aplicó la crema con movimientos circulares mientras oía la respiración de ambos.

–Muy bien. Ahora no te muevas. No quiero ser responsable del asesinato de un líder mundial.

Él la obedeció, sin dejar de mirarla, mientras ella comenzaba a pasarle la hoja de la navaja por la piel. A ella se le hizo un nudo en el estómago y en la garganta porque era una tarea delicada y por estar tan cerca de él.

Le indicó cómo mover la cabeza y él la obedeció. Era interesante sostener una navaja sobre la piel de su captor. Pero no pensaba en eso, sino en lo cerca que estaba de él, lo bien que olía.

–Ahora, quieto –dijo al llegar al espacio entre la nariz y el labio superior.

Él le puso la mano al final de la espalda.

–Ten cuidado –dijo ella–. No me sorprendas.

Debería haberle dicho que quitara la mano, pero no lo hizo. La sentía caliente y pesada, y le recordó la noche que pasaron en la tienda, cuando por primera vez en su vida había olvidado todas sus preocupaciones y se había quedado dormida con el brazo protector de él agarrándola y haciendo que se sintiera a salvo.

Pero en aquel momento no la agarraba de forma protectora. De todos modos, ella no le dijo que la apartara.

Cada vez que le pasaba la hoja por la piel era como si a Zafar se le quitaran años de encima, pero ella no conseguía concentrarse en eso porque solo pensaba en las sensaciones que le provocaba su mano.

Cuando bajó al cuello y a la nuez, susurró:

–Esto es peligroso.

–Tal vez –dijo él mientras desplazaba la mano hasta su cadera.

–Es una demostración de confianza –afirmó ella–. Sobre todo para alguien que, supongo, no confía en mucha gente.

–Es cierto.

–Te fías de mí, ¿verdad?

–No me queda otro remedio. Tienes el poder de acabar con mi reinado, de que se produzca una guerra entre dos países. Y, en este momento, tienes el poder de acabar conmigo si lo deseas.

Ella siguió afeitándolo mientras trataba de controlar el temblor de su mano. Estaba decidida, incluso más que al comienzo, a no cortarle, a no derramar ni una gota de su sangre.

—Ya está —susurró—. Hemos terminado.

Retrocedió para alejarse de él. Después agarró la toalla y le quitó los restos de crema. Frente a ella había un hombre totalmente distinto.

Un hombre de poco más de treinta años, guapo hasta decir basta. Ya sabía que era imponente y que tenía una boca de pecado, pero no tenía ni idea de que fuera tan hermoso.

Porque lo era. Tenía la mandíbula cuadrada, la barbilla fuerte y unos labios increíbles. Al haber perdido el vello, los pómulos le resaltaban más y los ojos habían ganado en magnetismo.

Con el cabello más corto, aún estaría mejor.

—Me estás mirando —dijo él.

Ella bajo la vista a su pecho. Pero tenía que mirar algo más inocuo, algo que no la hiciera sentirse tensa y sudorosa.

Pero el único sitio seguro que podía mirar era la pared que había detrás de él. Zafar era la encarnación de las fantasías femeninas más profundas, las que ella se imaginaba cuando, en mitad de la noche, en la cama, se removía inquieta e insatisfecha; esas fantasías que sabía que no debía tener y a las que no debía ceder.

Pero cedía porque no era suficientemente fuerte para no hacerlo.

—Es que me sorprende lo que he dejado al descubierto —afirmó. Era mejor ser sincera, ya que no se le ocurría ninguna mentira.

Él se echo a reír.

—¿Qué te esperabas?, ¿unas horribles cicatrices? Esas las tengo aquí —se señaló el pecho desnudo.

–No sabía qué esperar –Ana tragó saliva–. Creo que deberías cortarte el cabello, pero tiene que hacerlo alguien que no sea yo.

–¿Por qué?

–Te contesto a las dos posibles preguntas. En primer lugar, porque no tienes que ocultarte tras todo ese cabello. Creo que sorprenderás más a la gente si apareces sin él. Desafía sus expectativas y supéralas. Y, en segundo lugar, porque la única forma en que yo te lo podría cortar sería agarrando el frutero de mi habitación, vaciándolo y colocándotelo boca abajo en la cabeza. Y no creo que ese corte sea el que queremos.

Él se echó a reír.

–Supongo que no. Y creo que tienes razón en lo de superar las expectativas.

–Creo que sería bueno para ti. Piénsalo: te presentas en la recepción con un traje hecho a medida, el pelo corto y totalmente afeitado. No parecerá que acabas de volver del destierro, sino que has nacido para ocupar tu puesto.

–Me alegro de no haber ido directamente de la cuna al trono. Lamento profundamente la pérdida de mis padres. Pero, si no hubiera sucedido lo que sucedió, sería un gobernante débil, consentido y egoísta. Me temo que no hubiera sido mejor que mi tío. En el desierto aprendí a sacrificarme y a saber lo que es importante. Por eso, gobernaré mejor este país. Por desgracia, ahora se encuentra en una situación de debilidad a causa de la mía propia.

–Has trascendido esa debilidad. Llevas quince años haciéndolo. Así que demuéstrales tu fuerza, Zafar. Dales un motivo para que te apoyen.

Capítulo 8

ZAFAR se miró al espejo, que era algo que no le gustaba mucho hacer. En los años anteriores, le había resultado difícil, ya que odiaba verse a sí mismo y, además, no llevaba un espejo en el bolsillo. No le veía ninguna utilidad en el desierto.

Se había cortado el cabello y vuelto a afeitar desde que Ana lo hiciera.

Tenía un aspecto muy distinto del que esperaba. Al haberse quitado la barba y cortado el cabello, parecía mucho más joven. No se reconocía.

Su aspecto nunca le había importado. En el desierto, solo le preocupaba la seguridad y el bienestar de su pueblo. Si se enteraba de que los esbirros de su tío se hallaban cerca, iba a su encuentro con sus hombres para evitar, por cualquier medio, toda injusticia que pudiera producirse. Después desaparecían en el desierto como si no hubieran estado allí.

Su tío no se había enterado de que se trataba de él. Estaba seguro de que creía que había sido otra víctima más del desierto, lo cual le resultaba muy conveniente, ya que los beduinos eran leales a Zafar por encima de todo. Las pocas veces que se habían enfrentado a soldados de su tío, no había quedado ninguno vivo para que fuera con el cuento a palacio.

Volvió a mirarse en el espejo. Sus ojos brillaban de orgullo. Ese era el hombre al que reconocía.

Salió de su habitación en busca de Ana. Quería saber si aprobaba su nuevo aspecto.

Le había resultado fácil evitarla los días anteriores. Tenía mucho trabajo, más documentos que firmar, reuniones con personas o con medios de comunicación...

La mano le ardió durante unos segundos al recordar que había tocado a Ana mientras lo afeitaba. Tenía suaves curvas femeninas. Ella había acercado el rostro tanto al suyo que había tenido que contenerse para no besarla en la boca.

Claro que, entonces, tal vez se hubiera encontrado con la navaja apretándole el cuello.

Fue a la habitación de ella, pero no estaba allí. Se dirigió al patio.

Allí estaba, sentada en el borde de una fuente.

—Ana.

Ella se volvió. Lo miró con los ojos como platos y los labios entreabiertos, igual que lo había hecho después de afeitarlo. Era una mirada de sorpresa maravillada.

Si él no estuviera habituado a ocultar sus reacciones, tendría una expresión similar. Verla sentada al sol, con un vestido blanco que le dejaba al descubierto los hombros y los brazos, con el pelo brillándole a la luz, fue como recibir un puñetazo en el pecho.

Se sintió invadido de deseo. Tenía tantas ganas de acariciarle la piel para comprobar si era tan suave como creía que hubiera vendido su alma al diablo para conseguirlo.

Como ya estaba condenada, ¿no daría lo mismo?

No, porque lo que le importaba era su pueblo. Él ya

no podría redimirse, pero serviría a su gente, sería un buen líder.

No importaba lo hermosa que Ana estuviera al sol, con el cabello cayéndole sobre los hombros como un río de oro; tampoco que sus senos estuvieran hechos a la medida de sus manos, de lo que estaba seguro.

Su capacidad de sentir, de emocionarse, había desaparecido el día de la muerte de sus padres.

–Pareces...

–¿Civilizado?

–No sé si esa es la palabra adecuada. Esta experiencia me resulta extraña. Estoy acostumbrada a ser educada y útil. Pero ahora voy a ser sincera. Eres muy guapo –afirmó ella mientras se sonrojaba.

–Creo que no me lo habían dicho antes.

–Me sorprende.

–Hace mucho tiempo que no tengo relaciones en las que se empleen esa clase de palabras. No me acuerdo de la última vez que le dije a una mujer que era guapa. Tú lo eres.

–¿Yo?

–Sí, tú.

Habérselo dicho era un error, pero no había podido evitarlo.

–Es algo que no suelen decirme.

–Pues no estarán en sus cabales los hombres con los que te relacionas.

–Gracias, pero llevo cuatro años comprometida con Tarik, por lo que no he salido con hombres. Además, nuestra relación ha sido a distancia, en su mayor parte.

–¿Y no te dice lo hermosa que eres cuando estáis abrazados en la cama? –preguntó él sabiendo que no debería hacerlo, ya que al imaginársela desnuda le en-

traban ganas de pegar al hombre que acabara de poseerla, y, sobretodo, de acariciarla.

—Yo... No hemos... Ha sido una relación muy tradi-
cional. Y me refiero a una tradición de hace cien años
—su embarazo era evidente.

—¡Qué estúpido!

—¿Cómo?

—Tarik es un estúpido. Si fueras mía, te hubiera poseído en el momento en que hubieras estado al alcance
de mi mano.

—No tenemos esa clase de relación.

—Pero ¿te quiere?

—Sí.

—¿Y tú lo quieres?

—Que estemos esperando no significa que no lo quiera
o que no me quiera. De hecho, me parece una muestra de
respeto.

—Tal vez, pero, si fueras mía, preferiría demostrarte
pasión.

—Pero no lo soy.

Zafar tardó unos segundos en darse cuenta de que
se había ido aproximando a ella y que, si extendía la
mano, podría acariciarle la mejilla, sentir su suave piel.
Un precioso regalo para la suya, tan dañada y endure-
cida. Un regalo para su destrozado corazón.

—No —dijo—. Y debes estar agradecida. Creo que tu
prometido es mejor hombre que yo.

—Estoy segura. Pero no me parece... —lo miró a los
ojos y fue ella la que le puso la mano en la mejilla—. ¿Qué
es esto?

—Me estás tocando la cara —dijo él tratando de que
su voz sonara con total normalidad

–Sabes a lo que me refiero. Y sé que conoces la respuesta.

La conocía: química, atracción sexual, lujuria, deseo... Había muchas formas de denominar aquello que le ponía el cuerpo en tensión.

Ella le puso la otra mano en el rostro y lo miró con intensidad.

–Ni siquiera me caes bien. Siento cierto respeto por ti, pero eres duro y me das miedo. Y no tengo esperanza alguna de relacionarme contigo. Entonces, ¿por qué siento que hay entre nosotros una atracción magnética?

–¿Es desde que me he afeitado? Tal vez sea porque crees que soy guapo, como me has dicho.

Ella negó con la cabeza.

–Empezó antes.

–Tal vez debas dejar de ser tan sincera –dijo él con brusquedad–. No nos traerá nada bueno.

–Lo sé, pero... ¿me dejas probar esto, por favor? ¿Puedo...?

Cerró los ojos, se inclinó y lo besó en los labios.

Fue un leve roce, pero tuvo el efecto de una corriente eléctrica que arrasara todo a su paso. Fue como un electroshock.

–¿Contesta eso a tu pregunta?

Ella asintió.

–Y tengo razón, ¿verdad? De ahora en adelante será mejor que no seas tan sincera.

Ana se sentía como si se hubiera quemado. El corazón le latía desbocado y temblaba por dentro. No sabía por qué lo había besado.

Solo sabía que lo había visto salir al patio encarnando una fantasía que desconocía poseer. El mundo había desaparecido: solo estaba él y las sensaciones que despertaba en ella, lo que la hacía desear.

Y había sentido la necesidad de saber. ¿Era simplemente adrenalina y miedo? ¿Estaba confusa porque se trataba de un hombre atractivo y poderoso? ¿O era atracción, una atracción que nunca había sentido?

En el momento en que sus labios se unieron, obtuvo la respuesta. Y no le gustó.

Había besado a Tarik varias veces. Y, antes, a tres o cuatro chicos en las reuniones mixtas de la escuela. Besos leves, con poca lengua.

Pero el beso a Zafar los había superado hasta tal punto que no le parecía que se tratara de la misma actividad. Era tan distinto que se preguntó si sería algo más.

Le gustaba besar a Tarik y soñaba con cómo sería besarlo más profundamente, hacer algo más que besarlo. Estaba deseando ser su mujer en todos los sentidos.

Y allí estaba Zafar. Había aparecido en su vida como un ciclón y destruido muchas cosas a su paso.

—Dime solo una cosa y dejaremos de lado la sinceridad —dijo ella mientras se reprimía para no tocarse los labios y ver si estaban calientes.

—Tendré que ver si respondo.

—De acuerdo.

Normalmente se hubiera sentido avergonzada, no habría besado a un hombre así ni iría a preguntarle lo que iba a preguntarle. Su vida era tranquila y ordenada. No hacía que los demás se enojaran ni que se sintieran incómodos.

Era lo que había aprendido sola a hacer después de que su madre, por una torpeza suya, le hubiera hecho una lista de todos sus defectos, de todas las formas en que le había arruinado la vida. Y, después, se había ido porque no aguantaba seguir viviendo con aquella niña.

Dos semanas antes había ido a ver a su prometido, al hombre con quien se casaría; había dado un paso hacia su futuro como esposa del jeque. Después la habían secuestrado; luego, Zafar la había rescatado y llevado al palacio para encargarle que lo civilizara. Así que tenía derecho a ser distinta.

Se sentía distinta, más en contacto con la niña que fue antes de que el dolor la obligara a encerrarse en una concha y a no hacer ruido.

En aquel momento le daba igual molestar o no. Estaba con Zafar y se sentía valerosa y algo imprudente.

—¿Siempre es así?

—¿El qué?

—Besarse. ¿Siempre se siente uno así? Al preguntártelo parto de la base de que te has sentido como yo, como si estuvieras ardiendo por dentro y quisieras más, mucho más... Tanto que nunca tendrías suficiente.

—No voy a responderte.

—Contéstame, por favor.

Él le puso el pulgar en el labio inferior y ella sacó la lengua por instinto y se lo lamió. Los ojos de Zafar ardieron de deseo.

—No.

—¿No, qué? ¿Que no vas a contestarme o que no siempre se siente uno así?

—Nunca se siente uno así. No sé cómo es posible que el roce de tus labios haya despertado en mí tanto deseo, pero no importa.

—Sí importa.

—¿Cambiaría algo?

–No.

No lo haría, pero le resultaría gratificante saber que entre Tarik y ella había un nivel de química normal, que lo de Zafar no lo era: que era algo que no se solía sentir, que no todo el mundo lo sentía y que era algo que no había en el hombre con el que se iba a casar.

No le resultaba tranquilizador estar experimentando una intensa atracción, de las que solo se producen una vez en la vida, hacia un hombre con el que no tenía nada en común. Un hombre al que no volvería a tocar.

No lo haría si valoraba su cordura y su compromiso matrimonial.

–Quería saberlo porque si es algo que se siente con todo el mundo y yo no lo siento con Tarik... Tenía que saberlo. Esto es mejor.

–¿Ah, sí?

–Sí.

–A mí me resulta casi insoportable, y he soportado muchas cosas, como la deshidratación y el hambre. Pero esto procede de lo más profundo de mi interior y no sé cómo evitarlo.

Ana tragó saliva.

–No le prestaremos atención. De todos modos, no tiene sentido.

–Ninguno.

–Bien, hagámoslo así –dijo ella. Después añadió–: Tienes un aspecto estupendo, pero debemos trabajar con tus modales.

–¿Con mis modales?

–Sí. ¿Qué clase de cena será la de la recepción?

–De estilo occidental.

–Eso creía, ya que será con todos los embajadores europeos. ¿Cuánto hace que no usas un tenedor?

—Desde que vivía aquí, en palacio.

—Tuviste que aprender una nueva cultura, ¿verdad? –la de los beduinos frente a la de los habitantes de una ciudad.

—Así es. Pero me aceptaron. Y hallé un objetivo. En el desierto, cuando estás solo, tienes que esforzarte las veinticuatro horas del día en sobrevivir. No duermes de verdad.

—Ya me di cuenta cuado estaba con mis secuestradores. De todos modos, tuve suerte.

—No me parece que ser secuestrada sea una suerte.

Era extraño. Lo sucedido antes del secuestro le parecía borroso y distante, toda su vida en realidad. La luz allí era tan potente y real que hacía imposible pensar en el pasado o en el futuro.

Solo existía el presente.

—Como me dijiste, esto es muy cómodo para ser considerado una celda.

—No estás prisionera.

—Pero no puedo marcharme.

Se produjo un silencio.

—Nos vemos en la cena esta noche –dijo ella.

—Intentaré vestirme adecuadamente para la ocasión.

—Estupendo. Un consejo previo: el tenedor de la ensalada se coloca a la derecha.

Capítulo 9

ANA se sentía tímida y un poco tonta. Se había puesto de punta en blanco para la cena. Zafar le había dicho que se vestiría para la ocasión, así que pensó que ella también debía hacerlo.

Iba recorriendo los pasillos vacíos del palacio con zapatos de tacón dorados y un vestido rojo que le llegaba hasta la rodilla y le cubría un hombro como una toga griega.

Se había recogido el pelo en un moño. Se había pintado los labios a juego con el vestido. Y se preguntaba por qué lo había hecho, para qué se había molestado.

Lo había hecho porque Zafar la atraía, lo cual la desconcertaba.

«No puedes hacer nada al respecto. Ni siquiera te cae bien. Y, además, sería una equivocación», pensó.

En efecto, iría en contra de todo lo que su padre habían tratado de crear. De pronto recordó lo que Zafar le había dicho cuando comenzó a hablarle de su padre: que quería que le hablara de ella, no de su progenitor.

Sin embargo, al margen de su padre, estaba comprometida con Tarik. Y lo quería. ¿O no era así?

Se le hacía difícil recordar su imagen. La veía borrosa, lo cual le desagradaba, ya que no debería ser tan fácil olvidarla ni tener la de Zafar siempre en la mente.

Entró en el comedor y lo halló transformado. Había

una mesa de estilo occidental rodeada de sillas. La vajilla era de porcelana china. Zafar la presidía.

Ana se lo quedó mirando con la boca abierta. Llevaba chaqueta, camisa y corbata negras. Era la viva imagen del encanto masculino y de la buena educación.

¡Qué mentira!

Al mirarlo a la cara, la verdad saltaba a la vista: era un depredador que se había puesto una correa y un collar por sentido del deber. Pero la correa era lo único que le impedía atacar.

Si no fuera por ese sentido del deber, sería impredecible. Un animal en libertad.

Él se incorporó. El traje resaltaba su físico espléndido. Era ancho de hombros y pecho y estrecho de cintura y caderas. Estaba como un tren.

Ana nunca había visto a un hombre tan guapo, ni siquiera en las revistas ni en el cine.

Le pareció que se derretía por dentro, a pesar de estar comprometida y de saber que no quería tener nada que ver con él.

–Buenas noches –dijo Zafar–. Espero que hayas descansado esta tarde.

¿Descansar? Después de haberlo besado, se había pasado la tarde entera en estado febril.

–He descansado mucho –mintió.

Él se acercó a la silla situada a su derecha.

–Siéntate –dijo mientras la separaba de la mesa.

Ella lo hizo y él volvió a su sitio.

–¿Qué tal has pasado tú la tarde?

–Muy bien. Me trajeron el traje, me lo probé y me estaba bien, una experiencia que no tenía desde hace mucho tiempo.

–Supongo que no. Vamos a suspender momentáneamente esta conversación educada e insulsa. Tienes que saber que no debes hablar de eso en tu presentación.

Él asintió.

–Muy bien.

–¿Nunca te enfadas?

–Lo estoy permanentemente, pero ¿por qué, en concreto, debería estarlo ahora?

–Por eso –ella le indicó el traje–. Siempre debería haber sido tuyo. Siempre hubieras debido presidir la mesa en palacio. Deberías haber vivido siempre aquí, no en una tienda en el desierto. ¿No te irrita que te arrebataran todo eso?

Ana se dio cuenta, de repente, de que se lo preguntaba en parte porque ella sí estaba irritada por todo lo que debería haber tenido.

Por todo lo que el egoísmo ajeno le había arrebatado. Por su madre. Porque su madre había hecho que odiara a la niña que había sido, había conseguido que se recluyera en sí misma y que intentara no estorbar, no ser impulsiva... No ser ella misma.

¿Por qué pensaba en eso en aquel momento? Nunca antes lo había considerado desde ese punto de vista. Y allí estaba, teniendo una especie de revelación frente a un plato vacío, con su captor a su lado que la miraba como si creyera que había perdido el juicio.

–Merecía perderlo todo. Nunca me he encolerizado por eso.

–Lo que quiero decir es que esperas algo de la vida. Has nacido para ello y tienes ciertas garantías de que lo conseguirás. Por ejemplo, naces en una familia determinada y crees que tu futuro será de una manera concreta, y no es así.

–¿Seguimos hablando de mí?

–Tal vez, no lo sé –respiró hondo–. ¿Qué hay para cenar?

Esperaba que no fuera nada excitante, ya que acabaría diciendo y haciendo aún más estupideces. Como si fuera posible. No sabía lo que tenían aquel hombre y aquel lugar que la habían hecho cambiar.

Tal vez se debiera a haber sido secuestrada y a haber sobrevivido. Se sentía más fuerte y con mayor capacidad de superación.

Asimismo deseaba más, porque había hallado más en sí misma y porque sabía que había más a su alrededor.

Era un deseo peligroso, que le llegaba demasiado tarde, y no debía obrar impulsada por él. Al fin y al cabo, estaba coaccionada.

Pero era difícil no prestarle atención cuando todo se había desbaratado en su interior, como si se hubiera producido un movimiento de placas tectónicas que hubiera originado un terremoto interno.

–¿Qué esperabas tú? –preguntó Zafar.

–¿De la vida?

–Sí.

–No esperaba que mi madre se fuera ni que mi padre fuera tan exigente. No esperaba que me presentara a Tarik ni que nuestra unión fuera tan importante para... para...

–Pero lo quieres, ¿verdad?

–Yo... Sí.

Por algún motivo, la respuesta no le pareció que fuera tan verdadera como lo había sido casi dos semanas antes, cuando la habían secuestrado.

Y se debía al cambio que se había producido en su

interior. ¿Qué pasaría si dejaba de andar de puntillas y comenzaba a hacer ruido de nuevo?

–Y sin embargo lo calificas de sorpresa no deseada.

–Dejémoslo en inesperada. Tenía trece años cuando mi madre se marchó, así que tuve que cuidar a mi padre. No podía ser una carga para él. Me internó en una escuela porque no tenía tiempo para mí. Y en la escuela esperaban que no hiciera ruido, que fuera invisible. Cuando volvía a casa tenía que ser una anfitriona tan buena como mi madre, a pesar de que solo era una niña.

–Tu padre no llevó bien la pérdida de su esposa.

–No. Era una mujer frágil y temperamental, pero muy hermosa y muy buena anfitriona. Le gustaba que todos estuvieran pendientes de ella, organizar fiestas y eventos sociales. Y mi padre, desde luego, no esperaba que ella se marchara ni supo cómo enfrentarse a ello.

–¿Y fuiste tú la que tuvo que sostenerlo?

–Alguien debía hacer lo correcto, Zafar.

–Es cierto, alguien debe hacerlo aunque no lo desee, incluso cuando tus sentimientos te pidan hacer otra cosa. En lo que a mí respecta, no me quejo de la vida que me ha tocado en suerte porque he sido el causante de buena parte de lo que me ha sucedido. La tuya, en cambio, se vio trastocada por circunstancias ajenas a ti, no por culpa tuya. Y yo he contribuido a trastocarla aún más.

¿No por culpa suya? Tal vez.

–¿Te sientes culpable? –le preguntó ella.

–La culpa en un sentimiento inútil. No arregla nada.

–Pero la sientes.

–Otra emoción inútil que añadir al final del día –dijo él mientras agarraba un tenedor–. El tenedor de la ensalada, ¿verdad?

–Sí. ¿Nos van a servir ya la cena?

Como si la hubieran oído, los sirvientes entraron con bandejas que dejaron en la mesa. Había cordero con arroz, un festín árabe en una mesa occidental.

–Tiene un aspecto estupendo.

–¿Quieres sal?

–No, gracias.

–¿Seguimos hablando de cosas anodinas?

–Desde luego. Es una conversación segura.

–Eres muy buena anfitriona.

–¿No estoy aquí para enseñarte?

–En efecto, así que dime si está bien decirle a la anfitriona que es muy hermosa.

Ella se sonrojó.

–No mucho.

–Entonces no te diré que tienes la piel de alabastro, aunque es lo que creo. E incluso, si no hubiera motivo para abstenerme de decirte cumplidos, nunca usaría esas palabras porque pienso que solo le parecerían románticas a un quinceañero. Aunque, a decir verdad, creo que no he vuelto a ser romántico desde que tenía esa edad. Pero tal vez sea mejor que siga haciéndote cumplidos de ese tipo, ya que si te los hiciera como hombre... Será mejor que no diga nada, en aras de una conversación segura.

Hacía ya unos minutos que habían dejado atrás ese tipo de conversación, y Ana no sabía qué hacer para enderezar la situación ni para olvidarse del roce de sus labios con los de Zafar y de la explosión de deseo que había experimentado. Un deseo que nunca había sentido y que no creía que fuese posible.

–Me parece que es lo mejor.

Entonces, algo en ella se rebeló, esa parte de sí misma que había reprimido durante tantos años.

–Y yo no diré que ese traje está tan bien cortado que se diría que no llevas nada puesto. O tal vez fuera más decente que no lo llevaras. Tal como estás, me provocas.

–Me temo que esto ha dejado de ser una conversación anodina.

–Perdona, no sé qué me ha pasado. No volverá a suceder.

–Pues me llevaré una desilusión.

–Pues tendrá que ser así –agarró el tenedor de la ensalada y añadió–: no hay ensalada.

–Se les ha debido de pasar en la cocina.

–No me lo creo.

–Utilízalo para comerte el arroz.

Ella rio.

–No puedo, sería incorrecto.

–Ese será mi objetivo –afirmó él tomando un poco de arroz con el tenedor–. Que seas algo menos educada. Un favor a cambio del que me estás haciendo a mí.

–Me temo que ahí no cabe el hecho de violar los modales que hay que seguir en la mesa –dijo ella mientras agarraba el tenedor para el primer plato.

–Entonces, tal vez debamos hablar de otra clase de violaciones.

Ella estuvo a punto de atragantarse.

–Creo que, a pesar de tu amable ofrecimiento, será mejor que nos centremos en ti.

Él lanzó un profundo suspiro.

–¿Y qué vamos a hacer?

–Supongo que no sabrás bailar, ¿verdad?

–No creo que vaya a tener que hacerlo en la recepción.

–Pero tendrás que bailar antes o después, y mi trabajo consiste en asegurarme de que tu educación sea adecuada en todos los aspectos.

Zafar miró a Ana, situada frente a él. Llevaba pantalones de lino y una túnica, un atuendo similar al que él solía llevar en palacio. Pero para la clase de baile se había puesto el traje, y se sentía incómodo.

Había creído que ella llevaría el vestido de la noche anterior.

—Te has puesto el traje —dijo ella.

—No me sirve aprender a bailar si no puedo hacerlo con traje.

—Supongo que tienes razón.

—Aunque sigo dudando que esta clase sea necesaria.

—Un día te casarás, ¿verdad?

Él trató de imaginárselo. Tenía amantes, mujeres que compartían su cama durante un par de horas, con las que compartía su cuerpo. Pero eso no era como tener esposa, no era compartir la vida.

Y dudaba seriamente que fuera capaz de abrirse hasta ese punto. No estaba dispuesto a dormir con una mujer a su lado porque, de noche, la oscuridad lo invadía todo y soñaba y, por tanto, se hallaba indefenso ante las garras de la memoria, la vergüenza y la culpa. Era su infierno privado, la interminable oscuridad. Y lloraba. Gemía y sufría. Siempre.

No sabía qué hacía durante esos sueños, si todos los gritos estaban en su cabeza o gritaba de verdad. Ninguno de sus hombres se había atrevido a decírselo. El desierto sabía guardar un secreto.

—Sí, tendré que tomar esposa.

—Entonces, debes aprender a bailar para que, cuando

la veas al otro lado del salón de baile y vuestras miradas se crucen y te acerques a ella, tengáis algo mejor que hacer que hablar del tiempo.

–Creí que ese era la conversación adecuada.

–No con alguien a quien quieres conocer.

–¿Y quién dice que tenga que conocer a mi esposa? Simplemente me tengo que casar con ella.

–¡Ay, Zafar! ¿Solo tengo una semana para civilizarte?

–Solo una semana hasta mi aparición en público, aunque puedes quedarte después. Tendrás que hacerlo, ya que dispongo de treinta días. ¿Te acuerdas?

–Me acuerdo. Dame la mano.

Él se la tendió, ella la agarró y tiró de él hacia sí.

–Ponme la otra mano en la cintura –dijo ella mientras se la agarraba y se la colocaba con la mano libre.

–¿Y la música? –preguntó él.

–Contaremos. En un vals hay que contar hasta tres.

–¿Un vals? ¿Qué es eso? ¿Una fantasía de Jane Austen?

–¿Conoces a Jane Austen?

–Aunque me haya pasado quince años en el desierto y me haya perdido la literatura popular, conozco los clásicos.

–¿Y te parece que sus novelas lo son?

–Soy un bárbaro, pero poseo cierta cultura –la atrajo más hacia sí–. Además, de alguna forma hay que entretenerse. Los libros eran un lujo que no siempre me podía permitir. Un mercader al que ayudé me regaló uno en inglés: *Orgullo y prejuicio*. Es el único que tengo.

–No se me había ocurrido que no pudieras disponer de libros. Pero creo que no tendrás problemas para encontrar esposa.

Él se encogió de hombros.

–Un, dos, tres –comenzó a contar ella–. Yo te llevo. Un, dos tres.

–Creía que era el hombre el que llevaba.

–Pero no cuando no sabe bailar. Podrás hacerlo cuando sepas. Un, dos, tres.

Él siguió sus pasos, pero su atención estaba centrada en la mano que tenía en la cadera de ella y en el roce de sus senos en su pecho.

–Un, dos, tres –continuó ella.

Pero él apenas la oía. Le miraba los labios y su movimiento al pronunciar las palabras. Sentía un fuego en su interior que amenazaba con reducirlo a cenizas. Creía que en el desierto y en sus pesadillas había conocido el calor más destructivo.

Pero aquel fuego era distinto: ardía sin consumirse, despidiendo cada vez más calor.

¿Qué magia poseía aquella mujer? Se preguntó si tendría poderes para haberlo atrapado de aquel modo, con aquel fuego que le susurraba que cometiera pecados que no podía cometer.

Y cuando la miró a los ojos, no vio nada más que su color azul. Y se preguntó si el deseo de pecar procedería de ella o del fondo de su alma, que debería haberse asfixiado en la arena, al igual que su corazón.

Su alma y su corazón eran perversos y, por eso, los había clausurado, para que no influyeran en su comportamiento.

Cuando uno no se podía fiar de su conciencia tenía que fijarse un objetivo y no despegarse de él, sin que importara la suavidad femenina que sentía bajo la mano ni el roce de sus senos ni la promesa de placer de sus labios.

–Dime algo anodino –susurró él mientras trataba de no prestar atención al fuego que lo quemaba, a la sangre que se le había precipitado a la entrepierna y al deseo que crecía allí.

–Estoy contando. ¿No te parece suficientemente anodino?

–No –respondió él mirándole los labios.

–Pues no se me ocurre nada más aburrido.

–Me distrae tu boca.

–No es mi intención.

–La intención no es lo que cuenta, sino el resultado. Y resulta que soy incapaz de dejar de mirártela. Y cuando te miro los labios, en lo único que pienso es en que toquen los míos.

–Estoy prometida –afirmó ella con voz firme–. Prometida y enamorada y...

Él apretó sus labios contra los de Ana, y el baile terminó. Ella se quedó inmóvil, rígida durante unos segundos, pero después se relajó. Lo agarró de la solapa, se puso de puntillas y lo besó más profundamente.

Si antes había habido fuego, el beso le añadió combustible.

Ella deslizó la lengua por la de él y para Zafar dejó de existir todo aquello que no fuera su boca.

La abrazó con fuerza apretándola contra sí. Sintió sus senos en el pecho. Llevaba deseando sentirlos desde... siempre, porque ¿alguna vez no lo había hecho? ¿Había habido algún momento en que no la hubiera deseado?

Separó la boca de la de ella y la besó en el cuello. Apretó el pulgar en su garganta y sintió su pulso latir desbocadamente y su respiración jadeante.

Lanzó un rugido salvaje, una respuesta más allá del

pensamiento y la razón y, ciertamente, de la buena educación.

Ella le puso las manos en los hombros y le clavó las
uñas. Él se separó un momento de ella para quitarse
la chaqueta, que tiró al suelo.

Ella intentó desatarle el nudo de la corbata sin conseguirlo. Lo hizo él de un tirón rasgando algo: la propia
corbata o el cuello de la camisa. Le daba igual. La ropa
se compraba. Una pasión como aquella solo se podía
disfrutar en el momento.

—¡Oh, Zafar!

Pronunciar su nombre pareció devolver a Ana a la
realidad. Se separó bruscamente de él y trató de librarse
de su abrazo.

—¡Para, para!

Él la soltó inmediatamente. Dejó caer las manos a
los lados de su cuerpo mientras el corazón le latía a
toda velocidad.

—¿Qué pasa? —preguntó, sorprendido.

Durante aquellos segundos gloriosos en brazos de
ella, había sentido que el caparazón que lo cubría se había enrollado sobre sí mismo y lo había dejado al descubierto. Y había vuelto a sentir. Había sido increíble.

Superaba todo lo que había experimentado previa-
mente, incluso con Fatín, a quien creía amar, a quien
había amado.

El beso de Ana había conseguido que se sintiera un
hombre nuevo.

Su beso era más de lo que se merecía.

Entonces, se dio cuenta, horrorizado, de lo que había hecho.

«La primera vez es un descuido; la segunda, la medida de un hombre», se dijo.

Su cuerpo lo había vuelto a traicionar.

–Claro que debemos parar.

–Soy la prometida de Tarik.

–Me da lo mismo que estés prometida –afirmó él con furia–. El destino de un país depende de mí. Que seas fiel o infiel a tu prometido me importa un bledo. Pero no me da igual la guerra. Y no pondré en peligro la vida de mi pueblo ni el futuro de mi país para que te abras de piernas. No vales tanto.

Con el corazón a punto de salírsele por la boca, se dio la vuelta y se marchó.

Sabía que la había herido, pero no le importaba.

Era mejor así.

Revivió imágenes teñidas de sangre, de una sangre que tenía grabada en el cerebro y que nunca podría borrar.

Tuvo ganas de vomitar. Se detuvo, apoyó la cabeza en la pared y se quedó así durante unos segundos mientras se le quitaban las náuseas. Su cuerpo, su corazón y su mente formaban una masa indivisible con los recuerdos del pasado. Y solo destacaba la violencia.

Y esta le recordaba por qué debía resistir la tentación que le suponía Ana y cuánto sufrimiento le ahorraría a ella y a su pueblo.

Se apartó de la pared y se dirigió al gimnasio. Su cuerpo lo había traicionado, así que debía castigarlo.

Allí lo encontró ella dos horas después, bañado en sudor, con los nudillos en carne viva y sangrando de tanto golpear el saco de arena.

–¿Qué haces? –le preguntó.

Seguía mareada, excitada y avergonzada por el

beso, y había decidido ir a buscarlo y hacer algo: darle una explicación, gritarle, decirle que no la conocía y no podía juzgarla...

Y lo halló en el gimnasio. Parecía estar poseído.

—Zafar, ¿qué haces? —repitió.

La miró sin expresión alguna, pero le dio la espalda y siguió golpeando el saco mientras saltaban gotas de sudor al pegar el puño en él.

—¡Para! —gritó ella.

Le daba igual gritarle o molestarlo; le daba igual si se enfadaba.

El grito pareció devolverlo del mundo en el que se encontraba.

—¿Qué quieres?

—¿No deberías protegerte los nudillos antes de hacer eso?

Él se miró las manos y se encogió de hombros.

—¿Por qué?

—Para que no parezcan carne picada.

—No importa.

—¿Cómo que no? ¿Qué te pasa?

—Me lo merezco.

—¿Por besarme?

—Por poner en peligro mi país, porque sigo sin pensar con el cerebro.

—Solo será peligroso si lo cuento, y no voy a hacerlo.

—Eso no cambia la forma en que me he comportado.

—¿Me has besado porque me quieres?

Él la miró de arriba abajo.

—No.

Ella asintió lentamente.

—Creo que has cambiado. Es evidente que no conocí al niño que fuiste, pero el hombre que tengo frente a mí no sacrificaría nada por amor. Dudo que ni siquiera lo sienta.

–Gracias.

–No es un cumplido.

–Para mí no puede ser más que eso. Tengo un país que defender y modernizar, por lo que no puedo gastar energías en emociones abstractas sin importancia.

–¿Cómo no va a importar el amor?

–¿Por qué iba a hacerlo?

–¿Qué te impulsa sino el amor? ¿Acaso no amas a tu pueblo?

–Le soy leal, no lo amo.

–El amor mantiene viva la lealtad –afirmó ella sin saber de dónde sacaba la fuerza para discutir con él, ya que no se trataba de su educado compañero de cena ni de baile, sino de un hombre con heridas en la piel y en el corazón que seguían sangrando, un hombre violento, lleno de rabia contenida.

–¿No me digas? ¿Es eso lo que hace que tu compromiso con tu querido Tarik sea tan fuerte? ¿La lealtad alimentada por el amor?

–No, es mi padre. Tengo que hacerlo porque mi padre me quiere. Porque cuando su mundo se derrumbó, cuando mi mundo se derrumbó, solo nos tuvimos el uno al otro. Y creo que, si no hago esto, corro el riesgo de perder a la persona que siempre ha estado ahí para ayudarme, que me ha hecho tan feliz.

–¿Qué te ha dado tu querido padre, Ana? ¿Te ha dado algo? Tú misma dijiste que le organizabas la vida. Te mandó interna a un colegio y te utilizaba para que le organizaras sus fiestas cuando estabas en casa.

–¡No me abandonó! –gritó ella–. Mi madre sí lo hizo, así que debe de haber algo complicado en mí, algo que hace que la gente se aleje. Pero mi padre se quedó y me dio un hogar. Por eso debo estarle agradecida.

–Y no quieres perderlo.

–No. Y si te parezco patética, me da igual. Está claro que es muy fácil abandonarme, así que tengo motivos para estar paranoica.

–No es fácil abandonarte.

–Pues tú también lo has hecho, así que deja de decir tonterías.

–Te rescaté y te salvé.

–¿Quieres una medalla por no haberme dejado en el desierto con una banda de criminales?

–Me gasté en ti hasta el último centavo. Y por supuesto que no te hubiera dejado allí. Tengo muchos defectos y soy despiadado, pero también sé diferenciar el bien del mal. Y no está bien abandonar a un inocente así.

–Esa capacidad de diferenciar significa muy poco cuando no subyace a ella un sentimiento. Me resulta difícil conmoverme cuando sé que la decisión de rescatarme o no hacerlo tuvo la misma importancia para ti que decidir el color de la ropa interior que te pondrás por la mañana.

Él se le aproximó y ella no retrocedió.

–Las intenciones, como las emociones, son irrelevantes. La acción y los resultados son lo único que cuenta. Por amor abrí mi corazón a la mujer a quien amaba, pero ese amor no le impidió revelar a nuestros enemigos la información que le había dado, ni a estos asesinar a mis padres delante de mí.

–Zafar...

–Las intenciones no significan nada cuando todos

han muerto y te mandan a pudrirte al desierto. Dime, ¿qué significó aquel amor?, ¿qué alimentó?

–Zafar...

–Piensa lo que quieras, Ana, pero el amor es una trampa, una mentira. En tu caso se utiliza para manipularte, como me manipularon a mí. Ese es el propósito del amor.

–No me lo creo.

–¿Por qué? ¿Porque, si te lo creyeras, no tendrías motivos para comportarte como te ordenan?

–¡Porque no tendría nada! Eres un hombre horrible. Sigue aquí hasta que se te caiga la piel de las manos. Me importa un bledo.

Él la agarró de la cintura y la atrajo hacia sí. Inclinó la cabeza hasta casi tocarle la nariz con la suya.

–No me crees porque, si me creyeras, no habría nada que te retuviera y tal vez hicieras algo que estuviera más allá de tu mundo seguro y pequeño.

La besó con dureza y rapidez. Casi le hizo daño en los labios.

Cuando se separó de ella, Ana se limitó a mirarlo.

–Me han secuestrado, me has comprado y me has arrastrado por el desierto hasta este palacio dejado de la mano de Dios, donde estoy retenida. Me he ocupado de tu higiene personal y he tratado de enseñarte a bailar el vals. No tienes derecho a decir que mi mundo es pequeño ni a implicar que no soy valiente ni a suponer que tus palabras me van a hundir. Soy más fuerte y mejor de lo que crees.

Se soltó de su abrazo y se dio la vuelta para salir de la habitación.

–Un gran discurso, querida. Sin embargo, sigues haciendo lo que se supone que debes hacer. Te han educado de maravilla.

Ella apretó los dientes y siguió andando mientras trataba de no hacer caso de la verdad que había en sus palabras.

Capítulo 10

LOS días siguientes, Zafar y Ana se evitaron mutuamente. Zafar supo que ella lo evitaba porque, a veces, al ir por un pasillo, oía pasos precipitados y la veía desaparecer por una esquina.

Se sentía responsable, ya que había fracasado lamentablemente en comportarse de forma civilizada: la había besado, gritado y vuelto a besar.

Pero ella hacía que se sintiera libre, imprudente e impredecible. Y no le gustaba.

La recepción tendría lugar esa noche, su debut, por decirlo así, y no se sentía seguro. En el desierto, luchando con los puños y sin armas contra cualquier enemigo de su pueblo, no tenía miedo.

Un salón de baile y un cóctel de gambas eran otra historia.

Y todos lo estarían observando para ver si estaba loco, como decía la prensa, para ver si era un animal o un hombre.

Y no le quedaba más remedio que demostrárselo.

Ya se había puesto el traje. Miró por la ventana y vio a Ana en el patio. Se dirigió hacia allí a toda prisa. Necesitaba aire y necesitaba verla.

–Ana –dijo mientras salía y sentía el calor exterior.

Ella se volvió y el sol le iluminó el rostro. Y él sintió que el corazón le latía como si fuera la primera vez, un corazón nuevo y sin mancha.

La sensación solo le duró unos segundos, pero el júbilo se mantuvo.

–Ana –repitió–. Te agradecería que dejaras de estar enfadada conmigo. Esta noche va a ser muy importante para mí y para el país, y no tengo tiempo de soportar tu rabieta.

Ella lo miró con los ojos como platos.

–¿Mi rabieta?

–Sí, tu rabieta.

–Así que te parece una rabieta que me enfade después de haber puesto en duda mis creencias, de haberme dicho que soy una estúpida y que mi concepto del amor me tiene prisionera.

–No he dicho que seas estúpida.

–Que lo era mi forma de ver el mundo.

–No he venido a pelearme.

–¿Ah, no? Entonces, ¿a qué has venido?

–Porque esta maldita recepción comienza dentro de tres horas y quiero que hables conmigo.

–¿Sobre qué?

–Dime que puedo hacerlo.

Detestaba mostrarse tan débil, tan necesitado de su apoyo, de que le recordara que era un hombre que podía entrar en una habitación llena de gente sintiéndose un líder.

No sabía por qué esperaba que ella le convenciera de todo aquello, pero no podía obtener ese convencimiento del palacio, que lo estaba haciendo pedazos en cuerpo y alma, donde cada noche dormía peor.

Ella lograba que todo pareciera mejor y más claro. Su gracia y compostura hacían que creyera que podía absorber parte de ellas, que existían en el mundo y que lo único que tenía que hacer era extender la mano para agarrarlas.

Solo no podía hacerlo.

—¿Necesitas que te anime?

—No he dicho eso.

—Más o menos.

—¿Qué pasa si lo necesito?

—Creí que no necesitabas a nadie, como buen pirata del desierto.

Él frunció el ceño.

—¿Te burlas de mí?

—Sí, hay que tener sentido del humor. Debes probar alguna vez.

—No he tenido mucho tiempo para el humor. He estado muy ocupado...

—Sobreviviendo, reparando injusticias, atacando a los hombres de tu tío, ya lo sé. Pero ahora estás aquí y vas a tener que desempeñar el papel de gobernante educado y capaz. Búscate el carisma en los bolsillos, si careces de él.

Él se echó a reír.

—Por eso necesitaba verte.

—¿Por qué?

—Porque haces que todo parezca más ligero. Siento menos opresión en el pecho, me cuesta menos respirar.

—¿Tienes problemas para respirar?

—Es este sitio.

—¿Por qué no me cuentas todo?

—No puedo.

—¿Por qué no?

—Porque no quiero que tú también sientas el pecho oprimido.

Ana parpadeó mientras sentía el escozor de las lágrimas en los ojos.

Tragó saliva y asintió.

–Me alegro de que respires mejor gracias a mí. Zafar, puedes hacerlo. Todo saldrá bien.

–Pero tú no podrás estar presente.

–Lo sé.

–Recordaré esto.

–¿Esta conversación?

–Como has hecho que me sienta.

Ella respiró hondo.

–¿Por qué eres tan agradable conmigo? Hace unos días me besaste y, después, me asustaste... Y ya no sé en qué punto estamos.

–El hecho de estar cerca de ti y tus estrategias educativas han funcionado. Me siento más conectado con el lado civilizado de mí mismo cuando estoy contigo. Además, te deseo, aunque no hay nada que pueda hacer al respecto. No puedo poner en peligro las relaciones de As-Sabah y Shakar. Y no puedo ofrecerte nada más que una vida aislada aquí, en este glorioso cementerio. Nunca te pediría que la aceptaras, lo que implica que lo único que podemos hacer es tener sexo. Y eso tampoco me basta.

–Ya lo sé –ella se sentía igual. Lo deseaba, a pesar de que seguía furiosa con él.

Pero lo cierto era que Zafar tenía razón. Ella tenía miedo de perder el amor de su padre, su aprobación. Y siempre hacía lo imposible para estar segura de no perderlos.

El motivo de que las cosas fueran diferentes desde que había llegado a As-Sabah era muy sencillo: allí no había cadenas. Nadie la miraba con desaprobación ni con expectativas. Tenía que tomar sus propias decisiones para sobrevivir, para mantener la cordura, y allí no había nadie para guiarla.

Veía las cosas y se veía a sí misma de modo distinto.

Se veía tal como era, no tal como otros la veían.

Se había pasado la vida ganando la aprobación ajena con favores. Y ni siquiera estaba segura de que su padre se los hubiera pedido. Pero ella tenía miedo. Desde la marcha de su madre no había dejado de preguntarse qué había hecho mal para que ella se fuera, y no quería que la volvieran a abandonar.

Si hacía las cosas bien, todo se mantenía en su sitio; si las hacía mal, como le había sucedido con su madre, todo se desmoronaba.

No sabía hasta qué punto ese razonamiento era producto del miedo a que negarse a algo de lo que le pidiera su padre fuera a hacer que la abandonara.

Pensó en Tarik y se preguntó por sus sentimientos con respecto a él. Se preguntó si había aceptado casarse con él, si creía que lo amaba, simplemente porque así crearía menos problemas.

Porque lo que sentía por Zafar no lo había sentido en la vida. Y no, estaba segura de que no lo quería. Pero ¿no debería sentir por su futuro esposo algo del deseo y la pasión que despertaba en ella Zafar? En lugar de ello, lo único que sentía por Tarik era el impulso de sellar su unión, como si él fuera la meta de sus buenas acciones.

La idea la asustó e hizo que se sintiera muy insegura.

Como una mariposa que saliera del capullo con las alas arrugadas y mojadas y quisiera volver a él, volver a dormir, recuperar la sensación de seguridad en vez de sentir curiosidad por ver el mundo y saber a qué altura podía volar.

Pero ya era tarde para meterse de nuevo en el capullo.

–Esta noche lo harás muy bien. Zafar. Y espero que tu pueblo se dé cuenta de lo afortunado que es al tenerte y de que lo has dado todo por él.

–¿Y si solo recuerda lo que le quité?

Ana no supo qué contestarle. Era una mujer asustada que no sabía qué hacer con su vida ni lo que quería y que intentaba decirle a un hombre que había sido testigo de una tragedia indescriptible, que había vivido en el destierro y que tenía que gobernar un país, lo que debía hacer.

Con respecto a su deber, Zafar estaba solo. Ella no podía guiarlo ni recordarle que sonriera.

–Procura utilizar el tenedor correcto. Todos los fallos se perdonan si se tienen buenos modales en la mesa.

–Entonces, es estupendo que haya tenido una excelente profesora.

Si el palacio vacío hacía que Zafar se sintiera encerrado en una cripta, que estuviera lleno de gente lo sacaba de quicio.

Habían acudido líderes de todo el mundo y algunos de los ciudadanos más ricos de As-Sabah.

Tarik no estaba presente debido a las malas relaciones entre As-Sabah y Shakar. Pero a Zafar no le importaba. Si hubiera acudido, se hubiera sentido obligado a entregarle a Ana, sin tener en cuenta las apariencias.

Al no hallarse en la recepción, Zafar podía retenerla algo más hasta hallar una solución.

La realidad era que no se había preocupado de buscarla desde que Ana y él habían llegado al palacio porque le gustaba la compañía de ella, lo cual demostraba que era un canalla.

Dirigió una sonrisa forzada la encantadora embajadora sueca, que le sonreía para animarlo a acercarse a hablar con ella.

Era preciosa, rubia y pálida, con la misma clase de belleza nórdica que Ana. Pero en ella resultaba demasiado dura.

La embajadora comenzó a aproximársele. Todos querían hablar con él. Llevaba horas conversando. Le parecía que, solo en una noche, había hablado más que en el resto de su vida.

Miró alrededor en busca de una salida. Alzó la vista hacia los oscuros balcones que rodeaban el salón de baile y vio fugazmente pasar a alguien con un vestido rojo.

¿Iría Ana a bajar? No tenía motivo alguno para hacerlo. Miró con más atención, pero no vio nada más.

Se dirigió a una puerta sin importarle lo que pensaran de él los invitados. Nadie tenía por qué saber que perseguía a una mujer, que volvía a ser débil.

Tendría que pagarlo muy caro, pero en aquel momento le pareció que merecía la pena, que era necesario.

Salió al pasillo y se dirigió a la escalera que conducía a los balcones. Comenzó a subir sin hacer ruido y escuchando con atención por si oía el roce del vestido de Ana o su respiración.

Oyó pasos y otra persona chocó con él. Zafar la agarró y la miró.

—Ana, no deberías estar aquí.

—Ya lo sé, pero quería asegurarme de que lo estabas haciendo bien.

—¿Y qué has visto?

—Eres el hombre más guapo de los presentes.

—Eso no es precisamente una frase de conversación insulsa.

—Lo sé, pero me da igual.

—No sabes a lo que te expones.

—Probablemente sí lo sepa. He estado pensando, Zafar, pero ahora no quiero hablar.

Se inclinó hacia él y lo besó en los labios. El cuerpo de Zafar se encendió instantáneamente. La precaución y el sentido común desaparecieron mientras ella le recorría los labios con la lengua.

Abrió la boca y dejó que Ana tomara posesión de ella y la explorara.

Le resultó imposible hacer otra cosa.

—¿Sabes lo que haces? —susurró él.

—No.

Era verdad. No sabía lo que hacía. Nunca había besado a un hombre tan apasionadamente ni lo había deseado con tanta ferocidad.

Sabía que no podía presentarse en la fiesta porque nadie debía saber que estaba allí.

Pero no había podido resistir la tentación. Se puso el vestido rojo que había llevado en la cena con Zafar y se asomó a uno de los balcones para verlo.

Pensó que a esa distancia nadie la reconocería aunque la viera.

No había planeado ni esperado aquella reacción al toparse con Zafar, y no sabía las consecuencias que tendría ni por qué se arriesgaba de ese modo. Solo sabía que no podía parar.

Que no quería parar.

Por primera vez en su vida, no se planteó los pros y los contras de su comportamiento y no se preocupó de lo que pensaran los demás.

¿Cómo iba a hacerlo cuando a ella nada le había parecido tan bien en su vida?, ¿cuando sentir la boca de Zafar contra la suya le parecía esencial?

De pronto se encontró con la espalda pegada a la pared. Abrazó a Zafar por el cuello, se aferró a él y entregó todo lo que sentía en aquel beso.

La desesperación, la pasión, la confusión y la ira.

Le aflojó el nudo de la corbata y se la sacó por el cuello. Después, comenzó a desabotonarle la camisa a toda velocidad sin darse apenas cuenta de lo que hacía.

Fue consciente al tocarle la piel desnuda y caliente y sentir el vello del pecho que le hacía cosquillas en los dedos.

Él la besó con avidez apretando su cuerpo contra el de ella. Y Ana sintió la dureza de su excitación contra el muslo, la prueba de cuánto la deseaba, de que no era ella la única que se sentía así.

Y quiso llorar de alegría.

Porque alguien sentía pasión por ella; porque, aunque Zafar solo deseara tener sexo y poseerla, su necesidad era mayor de la que nadie hubiera experimentado por ella en la vida.

Su padre la necesitaba para mantener su estatus y para acumular beneficios; Tarik, para aumentar los ingresos de su país.

Nadie la necesitaba ni la quería por sí misma.

Excepto Zafar. Y ella sabía, a pesar de su falta de experiencia con los hombres, que una erección no mentía, que era de una sinceridad básica y brutal.

Se arqueó contra él y apretó los senos contra su pecho. El corazón le latía con tanta fuerza que estaba segura de que él lo oiría.

Él abandonó su boca y la besó en el cuello. Le puso las manos en la espalda y tiró de la cremallera del vestido y luego de este hasta que cayó al suelo. Y, en aquella escalera en sombras, ella se quedó solo con las braguitas y el sujetador.

Si hubiera podido pensar con claridad, habría protestado.

Él le puso las manos en la cintura y le recorrió la columna vertebral con la punta de los dedos. Esa sencilla caricia, aparentemente tranquilizadora, despertó en ella un deseo tan fuerte que sintió humedad entre los muslos y dolor en los senos.

No sabía que se podía desear así a un hombre.

Él la besó en el nacimiento de los senos y descendió desde allí trazando un surco con la lengua. Ella se estremeció.

Lo agarró del cabello para que se quedara allí eternamente y, al mismo tiempo, para que levantara la cabeza para volver a besarlo.

Era puro deseo. Lo deseaba con todo su ser. Y le daban igual las consecuencias.

Él alzó la cabeza y volvió a besarla. Ella terminó de desabotonarle la camisa. Apoyó las manos en su musculoso pecho y las deslizó hasta su estómago.

Nunca había visto a un hombre como él. Y lo único que le importaba era lo bien que se sentía cuando sus labios la tocaban, tanto que pensó que se moriría si no tenía más de él.

Si no lo tenía por entero.

—Te deseo —dijo ella. Y las palabras le salieron de

lo más profundo de su ser, de un lugar cuya existencia desconocía, lleno de pasión y deseo, libre de expectativas y de juicios. Un lugar que era totalmente suyo.

Y de Zafar en aquel momento.

Él le introdujo la mano en las braguitas y la bajó hasta situarla entre sus piernas.

El contacto íntimo la sorprendió, pero no lo suficiente para hacer que se detuviera. Entonces, él se introdujo entre sus muslos y le rozó los pliegues con los dedos. Ella dio un salto y se arqueó contra él.

—Shhh —dijo Zafar mientras la besaba para cortar el grito que ella no se había dado cuenta de estar lanzando—. No pasa nada. ¿Te gusta?

La acarició lentamente y ella empezó a temblar. Se le contrajeron los músculos internos, cuya existencia desconocía.

—Sí —susurró ella al tiempo que echaba la cabeza hacia atrás.

Él la besó en el cuello mientras le introducía lentamente el dedo. Ella contuvo el aliento y se agarró a sus hombros.

—¿Todo bien? —preguntó él mientras comenzaba a deslizar el dedo arriba y abajo, y con otro le acariciaba el clítoris.

—Sí —ella cerró los ojos y se apoyó en él.

Se estremeció mientra él seguía torturándola de aquella deliciosa manera y la besaba y lamía el cuello.

Se puso tan tensa que apenas podía respirar. Y cuando creía que no podría soportarlo más se produjo la liberación.

Fue como si desaparecieran las cadenas que la habían aprisionado toda la vida. Y caía, ingrávida, mientras el placer la recorría de arriba abajo. Y no había nada, ni pensamientos, ni preocupaciones, ni miedo a ser juzgada.

Nada sino un placer ardiente que la quemaba sin dañarla, que la dejaba nueva.

Como el fénix renaciendo de sus cenizas.

Y durante un minuto, mientras se apoyaba en el pecho de él y recuperaba el ritmo de la respiración, se sintió más fuerte y segura que nunca.

Pero el minuto pasó muy deprisa.

Entonces, se dio cuenta de que estaba en ropa interior, en una escalera, y que había dejado que el hombre que la retenía, un hombre que ni siquiera era su prometido, la hubiera llevado al éxtasis con las manos.

Hizo una lista mental de todas las palabrotas que conocía y se la dijo dos veces.

Y después dijo una en voz alta, la peor que se le ocurrió. ¿Por qué no iba a hacerlo?

Zafar estaba allí y había contemplado el momento más vergonzoso de su vida. En cualquier caso, no debía preocuparse por los buenos modales cuando él la abrazaba medio desnuda.

Fue él quien, de repente, se separó de ella. Se mesó el cabello con manos temblorosas. Estaba pálido y gotas de sudor le perlaban la frente.

–Lo siento, perdóname –Ana estaba segura de que no se lo decía a ella–. Perdóname –repitió mientras se abotonaba la camisa y bajaba la escalera alejándose de ella, que se quedó allí, mirándolo con el corazón dolorido.

Cayó de rodillas porque las piernas no la sostenían.

–¿Qué has hecho? –dijo en voz alta.

Se sentó con la espalda apoyada en la pared. Recogió el vestido y lo sostuvo contra el pecho.

Y rompió a llorar.

Si se enterara su padre, si se enterara Tarik, la odiarían.

Lo que le acababa de suceder con Zafar había sido lo más bonito de su vida. En sus brazos se había sentido viva, como si despertara después de haber estado aletargada, la Ana que le hubiera gustado ser si hubiera podido crecer libre de cargas, del miedo y la ansiedad de que un movimiento en falso haría que sus dos progenitores la abandonaran.

Pero la belleza del momento se había marchitado y la realidad se había impuesto. Había traicionado al hombre con quien iba a casarse, había hecho lo que quería, no lo que debía.

Y volvió a sentir que de nuevo había cortado el vínculo que la unía a sus seres queridos.

No podía volver a ocurrir. No hablaría de lo sucedido, ni siquiera lo recordaría. Soportaría el resto de su cautiverio y volvería a Shakar, con Tarik y su padre.

No se darían cuenta de que, en su interior, estaba rota. Y todo iría como estaba previsto.

No tenía otra opción.

Capítulo 11

TENEMOS que marcharnos.

La voz de Zafar le taladró el cerebro, abotargado por el sueño. Ana miró por la ventana. Aún no había amanecido. Se llevó las manos a la cara.

—¿Ahora mismo?

—Sí, ahora —afirmó él en tono autoritario.

—¿No habrás hablado con Tarik? —preguntó ella sentándose, asustada, en la cama.

—No, pero llevo toda la noche despierto y creo que has fracasado en tu cometido.

—¿Que he fracasado? ¿Por qué? ¿Qué han dicho de ti? ¿Qué han dicho del baile?

—Les he encantado. Dicen que Rycroft es un imbécil y que me difamaba en su artículo. Afirman que soy guapo y educado. Pero da igual lo que digan, Ana, ya que no soy una persona civilizada. Esa era tu tarea, civilizarme, y no lo has conseguido. ¿Cómo, si no, iba a retener a una mujer en mi palacio, alejada de su padre y su prometido, y sin anunciar que sigue viva, en vez de mandarla a casa sin tener en cuenta las consecuencias?

—Zafar, has hecho lo que tenías que hacer.

—Deja de intentar aplacarme y de suavizar las cosas. Algunas no se pueden arreglar, su solución no está en tu mano —se aproximó a la cama, lleno de furia—. No me absuelvas, porque es una herejía. Desconoces los pecados que tratas de perdonar.

–Muy bien, pues sigue en tu infierno autoimpuesto. Me da igual. Pero mantén tu palabra y llévame a casa. Durante el camino puedes ir castigándote por todos tus errores.

Echó la ropa de cama a un lado y se levantó. No debía hacer el equipaje, ya que nada de lo que había allí era suyo. Tenía que dejar todo, incluyendo a Zafar. No quedaría nada que demostrara que había estado allí, que había formado parte de la vida del jeque.

Nada que probara que era el primer hombre que la había besado con pasión, que la había acariciado íntimamente y había hecho que alcanzara el clímax.

El primero que había hecho que se preguntara si había algo más en la vida, que había conseguido que sintiera ganas de gritar y destacar, en vez de pasar desapercibida.

Lo abandonaría todo, y a él también. Habrían sido dos semanas fuera del tiempo, precedidas de su vida con su padre y seguidas de su boda con Tarik.

Su ira se evaporó y la cabeza comenzó a darle vueltas.

–Ese es el problema. Mi tío prohibió los vuelos comerciales. Si yo te llevo en avión, nuestra llegada se convertirá en un espectáculo.

–Llévame de vuelta como vinimos.

–¿A caballo?

–Sí. Nadie se enterará. Déjame donde me encontraste. Mentiré sobre lo sucedido.

–Sabes que no es tan sencillo. Si lo fuera, lo hubiéramos hecho al principio.

–Lo sé, pero mentiré para darte tiempo o le diré a

Tarik que me salvaste la vida y expresaré gratitud por tu pueblo y por ti. No permitiré que se declare la guerra.

No sabía de dónde procedía aquella fuerza y convicción. Pero le había hecho una promesa y la cumpliría por encima de todo.

–Confía en mí. Lo solucionaré.

–¿Por qué quieres hacerlo así?

–Porque... porque necesito acabar esta aventura antes de dejar de tener más, lo cual es muy triste teniendo en cuenta que es la primera.

–¿Eso es lo que esto ha sido para ti?

–No, ha sido más que eso, pero no sé qué decir. Ni siquiera sé lo que siento.

Él lanzó un suspiro y, después, adoptó la actitud de un rey.

–Vístete. Agarra ropa para unos cinco días de viaje. El desierto es impredecible y pueden surgir todo tipo de obstáculos.

–Como una tormenta de arena.

–Sí. Pero estarás conmigo y ni dejaré que te pase nada, te lo prometo. Llevaremos dos tiendas y comida. El viaje no será tan duro como cuando vinimos.

–¿Irán criados con nosotros?

–No, no quiero que intervenga más gente de la necesaria.

Ella asintió con un nudo en la garganta.

–Mejor que sea así. Voy a hacer el equipaje.

–Te espero en el patio. Nadie debe vernos salir. Sigue habiendo criados de los contratados para la fiesta, y esos no forman parte de mi gente.

Entiendo.

Él asintió y salió del dormitorio.

Ella pensó que aquello se acababa, que iba a volver a Shakar, con Tarik.

Respiró hondo y comenzó a buscar una bolsa de viaje.

−¿Estás lista? −preguntó Zafar subido al caballo, con el rostro prácticamente cubierto.

La rubia cabeza de ella asintió. Parecía distinta. Había una fuerza callada en su actitud. A él siempre le había parecido una persona muy serena, salvo cuando se había derrumbado al rescatarla de sus secuestradores.

Pero aquello era algo más que ser dueña de sí misma. Tenía la fuerza del acero, nada la doblegaría.

Le preocupaba cómo reaccionaría estando totalmente a solas con ella. Lo sucedido la noche anterior era imperdonable. Tenía que devolverla a su padre y a Tarik.

Se había equivocado al retenerla en palacio.

Y se había más que equivocado al tocarla. Cuando la empujó contra la pared y la besó, cuando le puso la mano entre las piernas y sintió su deseo entre los dedos, se le abrieron las puertas del infierno.

Pero no había llegado a cometer el peor de los pecados. De todos modos, tendría que atenerse a las consecuencias. Una vez más.

A las consecuencias de no haber controlado sus impulsos y deseos. Pensaba que había recuperado el control en el desierto, privado de todo. Pero, de vuelta al palacio, le parecía haber perdido toda la fuerza que el desierto le había infundido.

Aquel viaje sería la prueba definitiva.

−¿Quieres que te ayude a montar?

Ella negó con la cabeza y se acercó al caballo. Dejó la bolsa en la silla, se montó detrás de él y lo agarró por la cintura. Él sintió su calor en la espalda.

Agarró un pañuelo que tenía en el regazo y se lo dio.

–Tápate. Debes protegerte del sol.

Ella lo agarró sin decir nada y se lo puso. Volvió a pasarle el brazo por la cintura y apoyó la barbilla en su espalda.

–Vámonos –dijo.

Él espoleó el caballo y se dirigieron a la verja del palacio. Más allá estaba el desierto.

Allí, él encontraría su salvación o su condena.

Y no sabía con certeza cuál de las dos deseaba hallar.

No forzó el caballo como lo había hecho cuando se conocieron, sino que lo puso al trote hasta llegar al oasis, justo cuando ella comenzaba a no poder soportar el sol.

–Pararemos aquí –dijo él–. Hay agua detrás de esas rocas. Voy a plantar la tienda debajo de los árboles.

Desmontaron los dos. Ella acarició el hocico del animal.

–Tienes que ponerle un nombre, Zafar.

–¿Por qué?

–Porque llamarlo Caballo es una estupidez.

Pensar en el nombre de un caballo era más sencillo que hacerlo sobre lo ocurrido la noche anterior, sobre cómo se había sentido en sus brazos.

Pensar en el nombre de un caballo era mucho más seguro.

–Estaba pensando en Apolo –dijo mientras seguía a Zafar hasta donde iba a plantar la tienda.

—¿Por qué?

—Es trascendente, el nombre de un dios.

—El caballo no lo es.

—Perdona, pero no estás siendo justo con esa noble bestia que nos lleva por el desierto.

—No estoy siendo injusto, es que no me gusta el nombre.

—¿Cuánto hace que lo tienes?

—Nueve años —contestó él mientras comenzaba a montar la tienda junto al agua.

—Y no le has puesto nombre. Cualquiera es mejor que Caballo.

—Apolo, no.

—Aquiles, Arquímedes, Aristóteles...

—¿Por qué todos son griegos y empiezan por A?

—Parece griego. Y estoy empezando por la primera letra del alfabeto.

—Es árabe, por lo que debería tener nombre árabe.

—Pues di alguno.

—Aswad, que significa «negro».

—Es original.

—Es mejor que Caballo, ¿no?

—Muy poco.

—Muy bien, ¿cómo lo llamarías?

—Sadiqui, «amigo».

—Ya sé lo que significa.

—Es tu amigo.

—Es mi caballo.

—¿No quieres a nada ni a nadie, Zafar? ¿Estás tan convencido de que debes seguir así que no eres capaz ni de poner nombre a un caballo?

Él la fulminó con la mirada.

—No sabes por lo que he pasado ni lo que he tenido

que hacer para sobrevivir y convertirme en una persona valiosa.

–Lo reconozco, en mi vida hay menos sangre vertida que en la tuya, pero sé lo que es esforzarse por cambiar para valer más –dijo ella mientra se ponía a la sombra de una palmera.

Apoyó la espalda en el tronco y revivió su peor recuerdo.

–Un día corría por el salón de mi madre. Ella tenía el suyo propio, donde recibía a sus amigos. Allí tenía la colección de muñecas antiguas, que le encantaba –tragó saliva–. Yo no podía estarme quieta, hacía mucho ruido, era muy chillona. Mientras corría por el salón, choqué con la vitrina de las muñecas.

Recordó que una de ellas se había caído. Su madre llegó corriendo, abrió la vitrina y sacó la muñeca rota.

–Rompí una. Mi madre me dijo que la estaba volviendo loca, que no hacía más que romper cosas, que había destrozado cosas que ella quería –tragó saliva para deshacer el nudo que comenzaba a formársele en la garganta–. Creo que, por aquel entonces, ya no me quería. Al día siguiente se marchó. Tengo veintidós años y sé que mi madre no me abandonó por haberle roto la muñeca. Sé que había otras cosas, que probablemente tuviera problemas. Pero, entonces, lo único que pensé fue que, si hubiese tenido cuidado, si la hubiese escuchado, si me hubiera movido más despacio, ella no se hubiera ido. Y que, si no tenía cuidado, mi padre también me abandonaría. Al fin y al cabo, todo lo estropeo.

La voz se le quebró. Odiaba estarle contando aquello a Zafar. Pero era la verdad de su vida, la que escondía tras falsas sonrisas y una apariencia de compostura y serenidad.

–No estropeas nada –dijo él con voz ronca. Después soltó una palabrota.

–Zafar...

Se acercó a ella, con el rostro cubierto, tal como lo había conocido. Tiró de la tela y dejó al descubierto su boca.

Y ella vio la diferencia: la mandíbula afeitada. Y era obra suya. Ella lo había cambiado, al menos externamente.

Se sintió extraña, poderosa.

–No fuiste tú la que hizo que tu madre se fuera. A mí, la muerte me arrebató a la mía. Si ella hubiera podido elegir, ninguna fuerza la hubiera separado de mí, con independencia de mi comportamiento. Y no porque yo fuera mejor hijo que tú. Yo era perezoso y estaba obsesionado con las mujeres y el sexo. Sin embargo, mi madre me quería, porque así era su corazón, sin tener en cuenta cómo fuera el mío. Tu madre te rechazó porque era ella la que tenía el corazón dañado, no tú.

–Dices eso, pero afirmas que no tienes corazón. ¿Cómo lo sabes, entonces?

–Porque mis emociones se han marchitado por falta de uso. Están muertas. Y si hay algo por lo que desearía que resucitaran es por ti, Ana.

Una lágrima corrió por la mejilla de ella, que no hizo nada para ocultarla. Después de toda una vida tratando de ser perfecta, Zafar había despertado en ella algo: tal vez fuera a esa niña salvaje que corría por los pasillos, a la que le gustaba reírse y decir tonterías.

Se había construido un escudo brillante y perfecto, pero quería que desapareciera. No deseaba ser la persona que se había forzado a ser, sino la que estaba destinada a ser.

Recordó su desesperación cuando habían estado a punto de hacer el amor la noche anterior. No se debía a que lo lamentara, sino a que tenía miedo de desear algo para ella, algo que su padre no desearía.

En cuanto a Tarik, tenía que analizar qué posibilidades había en aquel asunto. Era evidente que no lo quería, de eso estaba segura. Había accedido a casarse con él para complacer a su padre.

Pero ya sabía lo que de verdad deseaba.

–Zafar –dijo casi en un susurro. Carraspeó porque no quería pedirle aquello sintiéndose avergonzada–. Quiero que me destruyas y me conviertas en una persona nueva, aquí, como te sucedió a ti. No quiero ser la que era. No quiero ser débil ni silenciosa. No quiero vivir para otra persona. Quiero... Zafar, por favor.

–¿Quieres que te... destruya? –preguntó él con voz ronca.

–Me dijiste que el desierto te hizo eso, que se llevó el niño que eras y te convirtió en un hombre. Que tuviste que destruirte para resurgir como el hombre que querías ser. Necesito que me pase eso.

Se separó de la palmera y se acercó a él.

–Llevo casi toda la vida andando de puntillas, tratando de ser la persona que creía que debía ser para que me aceptaran. Pero, ahora, esa persona me resulta insoportable. No me gusto. Aquel día en el gimnasio tenías razón, Zafar: me han educado para obedecer y me asusta apartarme del camino trazado por miedo a que mi padre o mis amigos me rechacen. Así que me hago indispensable para ellos. ¿Quieres organizar una fiesta? Yo te ayudo. ¿Hace falta que me case con un jeque para tener fácil acceso al petróleo? Lo hago. Incluso intentaré quererlo por todos los medios. De esa manera, nadie se librará de mí, ya que les facilito las cosas.

–A mí, no. A mí no me has facilitado la vida, sino que me la has complicado enormemente.

–Me alegro. Y no te culpo por querer librarte de mí.

–Porque las circunstancias son las que son.

–Desde luego.

–¿Y cómo voy a destruirte? –preguntó él mirándola con intensidad.

Ella apartó la vista y comenzó a respirar entrecortadamente.

–Ana –dijo él con suavidad. Y ella volvió a mirarlo.

Después se dio la vuelta y corrió hacia la orilla del agua. Echó la cabeza hacia atrás y lanzó un grito. Era ella, Ana. Estaba allí y quería que la oyeran, causar un impacto que fuera mayor que el de los deseos ajenos, vivir una vida que fuera algo más que cumplirlos.

Después, temblando, se dio la vuelta y volvió adonde estaba él, que la contemplaba con expresión pétrea.

–No quiero quedarme callada.

–Ya lo veo.

–Y quiero algo más –lo miró a los ojos–. Haz el amor conmigo.

–Ana, no puedo ofrecerte nada más allá de una relación física. ¿Es eso lo que realmente deseas?

–Sí.

Se preguntó si debía decirle que era virgen y decidió no hacerlo, ya que, dada su evidente falta de experiencia a la hora de besar, era muy probable que él ya lo hubiera adivinado.

–¿Por qué quieres hacer el amor conmigo? Soy un gran pecador, responsable de que mi país haya estado a punto de desaparecer. Además, no es que te haya tratado muy bien.

—Porque no recuerdo cuándo fue la última vez que me sentí como ahora. No hablo solo del deseo, sino de la libertad. Has revivido una parte de mí que había tratado de asfixiar y que creía que ya no existía. Pero me equivocaba. No he tenido miedo a que me rechazaras, probablemente porque quería que me dejaras marchar —se echó a reír—. No tenía que complacerte, sino complacerme a mí misma, por lo que he recuperado esa parte de mí que había enterrado. Y estoy muy contenta de haberla recuperado.

Ella le puso la mano en la mejilla.

—En cuanto al deseo, nunca había experimentado nada igual. Y no quiero dejar pasar la oportunidad de explorarlo.

—Es muy fácil sentir atracción. Es posible que la sientas por Tarik.

—No como esta. Dime una cosa con sinceridad y te dejaré en paz. ¿Ha habido otra mujer que te haya hecho sentir como yo? Me dijiste que esto no era normal, que iba más allá de la lujuria. Y seguro que no debe serlo, ya que me he pasado la vida preparándome para ser útil y para prescindir de todo lo demás, pero no puedo hacer caso omiso de esto. Si a ti no te pasa lo mismo, dímelo, e intentaré olvidarlo.

Él apartó la mirada.

—Nunca había sentido nada igual.

—Entonces, tómame. Haznos a los dos ese regalo.

—No puedo. Te guste o no, según nuestras costumbres, perteneces al jeque de Shakar, y hacerte mía sería una declaración de guerra. Bastante muerte y destrucción causé ya por una mujer.

–Pero yo no quiero manipularte. Solo te deseo a ti. No quiero ser propiedad de Tarik, ni tuya. Quiero ser mía. Y sé lo que deseo.

Él lanzó un gruñido y la besó con fuerza y rapidez, pero se apartó bruscamente de ella.

–¿Estás segura? Porque no podré detenerme. Tiemblo de pies a cabeza, Ana. Por ti.

–Estoy segura –susurró ella besándolo.

–Estoy contento de que no tengamos que hablar de tenedores. Todas las veces anteriores, lo que quería decirte es que eres hermosa y que te deseo con todas mis fuerzas; que tu cuerpo me impulsa a arrodillarme y a agradecer a Dios el haberme hecho hombre; que quitarte aquel vestido rojo ha sido uno de los grandes privilegios que me han sido concedidos. Pero no podía, claro; ahora sí puedo.

–No, ahora no. Ahora, te deseo.

–No sabes lo que me pides –respondió él mientras le recorría la mejilla con el dedo y bajaba hasta los labios.

–Entonces, enséñamelo.

–Ana...

–Zafar, ¿qué ves cuando me miras?

–Belleza.

–¿Nada más?

–Mucho más –contestó él besándola en el cuello. Después le quitó la camiseta–. Mucho más –repitió besándole los senos justo por encima del borde del sujetador.

–Enséñamelo –le pidió ella metiéndole los dedos en el cabello al tiempo que se esforzaba en no dejar salir el sollozo que se le estaba formando en el pecho.

Él se separó de ella, se volvió de espaldas y miró el agua. Después, comenzó a quitarse las diversas capas de ropa que llevaba y a dejarlas sobre la arena hasta quedar completamente desnudo.

Ella contuvo el aliento. No había visto nada tan hermoso en su vida: su cuerpo, iluminado por el sol, los hombros anchos y fuertes, los músculos de la espalda claramente definidos, la estrecha cintura, los hoyuelos justo encima de sus gloriosas nalgas, redondas y musculosas...

Y cuando él se dio la vuelta, el corazón de Ana se detuvo. Nunca había visto a un hombre desnudo, y solo algunas imágenes del miembro masculino, muy pocas en erección.

Era mucho más grande de lo que se imaginaba, pero no le preocupó. Sabía que un tamaño generoso era bueno, por lo que estuvo segura de que, a pesar del inevitable dolor de la primera vez, aquellas proporciones eran una ventaja.

Él se le acercó, la tomó de la mano y la condujo adonde había dejado la ropa. Se tumbaron y él la puso sobre su cuerpo mientras la acariciaba el cabello y la besaba.

Ella lo abrazó por el cuello y enlazó las piernas, todavía con los vaqueros, con las de él, que le puso la mano en la espalda y le desabrochó el sujetador, se lo quitó y lo echó a un lado.

Continuó besándola y acariciándola sin dejar que se preocupara por su desnudez. Ella ya sabía lo bien que Zafar podía hacer que se sintiera, pues en diez minutos y con una sola mano le había vuelto el mundo del revés. En aquel momento, con su cuerpo sobre el de él, que la acariciaba por entero, con sus pechos tocándose sin nada que se interpusiera, sin que nadie pudiera sorprenderlos, Ana tuvo la sensación de que él derrumbaría su mundo y construiría otro nuevo.

Y no le importó.

Zafar la agarró por las caderas, la tumbó de espaldas y se situó entre sus piernas, con su masculinidad apretando firmemente el centro del cuerpo femenino, que seguía cubierto por los vaqueros.

La besó profundamente en la boca mientras sus manos descendían hasta los senos, donde jugueteó con los pezones. Ella lanzó un grito ronco.

Bajó una mano hasta situarla en medio de sus muslos y la acarició a través de la tela. Ella se arqueó pidiendo más, pidiéndolo todo.

Zafar le desabrochó los pantalones y metió la mano en su interior. Sus dedos se introdujeron en las braguitas hasta llegar al centro húmedo de su deseo.

–¡Sí! –exclamó ella al tiempo que apoyaba la cabeza en el hombro de él y le clavaba las uñas.

Él le bajó los pantalones y las braguitas y ella le ayudó con los pies hasta quitárselos. Después siguió besándolo por todas partes: los labios, el cuello, el pecho y vuelta a los labios. Y pensó en todos los años que él había pasado sin que nadie lo acariciara de verdad.

Sabía que había tenido amantes, compañeras de cama. Pero nadie lo había acariciado como ella, que tenía la sensación de que no hacerlo era tan inconcebible como no respirar.

Sintió que se aproximaba al clímax mientras las manos de él seguían acariciándola entre los muslos, como habían hecho en el palacio.

–Así no –dijo ella besándolo en el cuello–. Contigo dentro de mí.

–Todavía no –dijo él.

Bajó la cabeza y la besó entre los senos. Después tomó un pezón entre los labios y lo chupó y lamió.

Siguió bajando por su cuerpo con los labios y la lengua. Le abrió las piernas y ella sintió su aliento en el sexo. Él se inclinó y le acarició el clítoris con la lengua. Ella se arqueó y lo agarró por la cabeza, no supo si para apartarlo o para que siguiera allí. Pero se limitó a dejarse llevar por el placer.

El clímax la invadió como una ola, dejándola sin aliento, agotada y temblando.

Y él volvió a besarla en la boca mientras el extremo de su masculinidad encontraba la entrada de su cuerpo. La humedad le facilitó el camino cuando empujó para introducirse.

Al principio, ella sintió dolor, pero no un dolor horrible, como le habían dicho algunas de sus amigas. Era más algo que había que soportar que algo placentero. Era extraño que otra persona estuviera dentro de ella, estar tan unidos.

Lo miró a los ojos justo cuando él la penetró por completo. Un grito agudo escapó de sus labios.

–¿Estás bien? –preguntó él con expresión preocupada.

–Sí, mejor que bien.

–No lo sabía –dijo él con la voz quebrada.

–Lo sé. Lo siento.

–Yo no lo siento –le puso la mano en el muslo y se lo levantó para que enlazara la pierna en su cadera y poder penetrarla con mayor profundidad.

Después bajó la cabeza y comenzó a moverse en su interior con embestidas firmes y regulares. Y cuanto más se movía, menos dolor y más placer sentía ella.

Ana se agarró a su cuello con fuerza y comenzó a buscar su propio ritmo moviendo las caderas contra las de él y haciendo que el clítoris entrara en contacto con su cuerpo. Cada vez que él la embestía era como si se encendiese una cerilla, un chispazo que le recorría el cuerpo entero.

–Zafar –dijo ella mientras sentía que se aproximaba el clímax. Se tensó hasta unos extremos insoportables y supo que la liberación se produciría de forma inmediata.

–Estoy aquí, Ana.

Su nombre. Había dicho su nombre, no una palabra cariñosa, sino su nombre.

Zafar aceleró el ritmo y la intensidad de los movimientos. Ella gritó de placer, mientras oleadas del mismo la invadían interminablemente.

Entonces, él salió de ella, con la mano en su masculinidad. Se acarició dos veces y halló su propia liberación. Después volvió a besarla en los labios.

–Ana –dijo jadeando–. Yo...

–Después. Ahora estoy muy cansada.

–Tenemos que meternos en la tienda –le acarició la mejilla–. Vamos a quemarnos aquí fuera.

–No puedo moverme.

Él se sentó, la tomó en brazos y se levantó. Se dirigió a la tienda, que era mayor que la que habían utilizado en su primer viaje.

–Espera aquí.

Ella se quedó en el centro de la tienda vacía. Se sentía mareada, sorprendida... De maravilla.

Él volvió al cabo de unos segundos con una manta bajo el brazo que extendió en el suelo.

–Ahora, duerme. Hablaremos después.
–¿Vas a dormir tú también?
Él negó con la cabeza. Su mirada era inescrutable.
–Yo no duermo con nadie.

Capítulo 12

ANA se sintió herida.

—¿Ni siquiera conmigo? ¿Ni siquiera después de lo que hemos hecho?

—No puedo —respondió él antes de salir de la tienda.

Ella se tumbó en posición fetal. Le había dado todo a Zafar: su virginidad y su futuro.

Y lo había hecho porque lo amaba. Se acababa de dar cuenta de que era así.

Por eso quería acariciarlo y que él la abrazara.

Que quisiera a Zafar no complacería a su padre. Tarik se pondría triste y Zafar probablemente se enfadaría.

Sonrió. Le daba igual. Lo quería. Le daba igual que eso complicara la vida a otros o los entristeciera.

No iba a sacrificar su vida para contentar a los demás. No iba a casarse con un hombre que no le inspiraba pasión alguna, y al que no amaba, para que su padre la quisiera más, para sentirse segura.

Era Analise Christensen. Zafar la había ayudado a recuperar su antiguo yo, así que, en realidad, era culpa de él. Y, aunque no le gustara, tendría que enfrentarse a ello.

Su sonrisa se hizo más ancha. Dos semanas antes no habría hecho lo que acababa de hacer; no se habría apartado del camino trazado.

Pero había hallado su propio camino. Era aterrador y liberador a la vez.

De pronto, el cansancio desapareció. Se incorporó. Estaba desnuda, pero no le importó.

Salió de la tienda y vio que Zafar conducía el caballo al agua para que bebiera. Se había vestido con los pantalones y una túnica. Estaba despeinado.

–No puedes marcharte sin más.

Él alzó la vista desde la orilla del lago. Se le hizo un nudo en la garganta y toda la sangre se le dirigió a la entrepierna al verla desnuda al sol, tan redonda y suave. Había tenido la perfección absoluta en sus manos, en sus labios, contra su pecho al estar dentro de ella.

Pero era virgen. Había cometido un grave error. Incluso aunque no lo hubiera sido, habría sido un grave error.

–Creo que es una grosería que, después de hacerme todo lo que me has hecho, te marches sin más.

–Más grosero hubiera sido quedarme y volver a hacértelo.

–Creo que no me hubiera importado.

–Puede que no.

–¿No quieres volver a la tienda conmigo?

–Esto no puede ser, Ana. Eras virgen y ya no lo eres. Supongo que Tarik lo notará.

–En primer lugar, no se puede deshacer lo que está hecho; en segundo lugar, no voy a casarme con Tarik.

Él sintió como si le hubiesen dado un puñetazo en el pecho.

–¿Por qué?

–Porque no quiero, porque lo iba a hacer para complacer a mi padre. Me dije que casarme con Tarik sería bueno para nuestra familia, así que me empeñé en que tenía que quererlo. Y pensé que, si mi marido era un jeque, nunca me expulsaría de su lado. Una pareja real no se separa, aunque solo sea por no salir en los medios de comunicación, lo cual es muy triste y lamentable, pero no sabía qué otra cosa hacer para que alguien se quedara conmigo.

–Ahora, me da igual, Zafar. Mi vida la tengo que vivir yo. Creo que comencé a pensar así cuando me fui con mis amigos al desierto. Quería experimentar qué es la libertad, algo un poco salvaje. Pero creo que quería algo más. Después, me secuestraron y apareciste tú. Y aquí estamos. Me siento distinta. Me parece que este era el viaje que debía hacer.

–Me alegro de que mi infierno personal haya sido una etapa de tu viaje –dijo él en tono cortante.

–No me refería a eso.

–Es lo que has dicho.

–Tú has sido algo que no esperaba ni deseaba.

Una lágrima se le deslizó por la mejilla. Él tuvo ganas de abrazarla y decirle que todo saldría bien, pero no podía prometerle eso. No podía prometerle nada.

–Pero eres lo más importante... No me hubiera encontrado a mí misma sin ti. Me hubiera casado con un hombre al que no quiero, por lo que habría arruinado mi vida. Ahora es como si la niebla se hubiera levantado y viera con claridad, cuando antes no veía más allá de mis narices.

Zafar dejó a Sadiqui bebiendo. Se alegraba de que ella lo hubiera convencido de que le pusiera nombre al caballo. Realmente era un amigo fiel, a pesar de que antes lo hubiera negado.

–De todos modos tengo que llevarte de vuelta.

–Lo sé.

–Tengo que asegurarme de que vuelves sana y salva y, a partir de ahí, lo que decidas contarle a tu padre o a Tarik es cosa tuya.

–Hace calor.

–Por eso hemos parado.

–¿Por qué no vienes a la tienda y te tumbas conmigo?

Zafar no podía rechazar una propuesta tan dulce y sincera. La realidad era que estaba deseando abrazar a Ana, sentir su suavidad, ocultar la cara en su cabello, respirar su aroma... Lo deseaba con todas sus fuerzas.

Pero no se lo impedía el hecho de que ella fuera la prometida de otro hombre, sino él mismo.

No podía dormir con ella por miedo a que la oscuridad se los tragara a ambos, de que durante la noche él la emprendiera a golpes con ella. No podía pedirle que se quedara con él porque la utilizaría como un moribundo utiliza un oasis: aplacaría su sed en su cuerpo y su alma sin darle nada a cambio.

Tenía que centrarse en su pueblo y en su reino. Desear ser capaz de amar a una mujer era mostrar la misma debilidad que había mostrado en el pasado, y no podía permitírselo.

Sin embargo, lo deseaba hasta tal punto que era una necesidad física que lo acosaba y que había despertado en él emociones que creía muertas.

–De momento, mientras viajemos, dormiremos juntos.

Ella asintió.

Zafar pasaría días sin dormir por ese privilegio, por esos momentos fuera del tiempo en que sería el Zafar que hubiera debido ser.

Un hombre cuyo pasado no estuviera manchado de

sangre y cuyo futuro no estuviera dominado por una responsabilidad inflexible e ilimitada.

Solo un hombre que deseaba a una mujer.

Miró a Ana a los ojos. Sí, solo serían unos días, y le bastarían.

Tendrían que bastarle.

Tumbado en la tienda, Zafar observó a Ana caminando por la tienda. No se había vuelto a vestir desde la primera vez que habían hecho el amor. Le recordaba a Eva, caminando desnuda y sin avergonzarse, como si se encontrara cómoda estando así, tal como había venido al mundo.

—Ven aquí.

Ella le sonrió con calidez y deseo. Se arrodilló a su lado y lo besó.

—Estás muy serio —dijo, y lo volvió a besar.

Él le deslizó la mano por la espalda hasta llegar a las nalgas.

—No es nada.

—Deja que te ayude a olvidar.

Él la abrazó y la besó mientras tiraba de ella y la situaba sobre él. La deseaba a pesar de que eso implicara que el honor y el sentido del deber que afirmaba poseer podían menos que la debilidad de su cuerpo.

Estaba tan sediento de sus caricias, de ella, que no podía negarlo. Hubiera bebido agua envenenada en mitad del desierto por ese momento de satisfacción.

Pero el veneno no estaba en Ana, sino en él.

Rechazó ese pensamiento y dejó de pensar en las llamas del infierno que le lamían los tobillos, como llevaban quince años haciéndolo, para centrarse en el calor de los labios de ella, en el de su cuerpo desnudo sobre el suyo.

Apartó todo pensamiento y recriminación de la mente para oír el sonido de las manos de ella deslizándose por su pecho, de su respiración cada vez más pesada, según se iba excitando.

La besó en el cuello, y ella gimió.

–Esto es mucho más tentador que contar un, dos, tres –afirmó él recordando el día en que ella había intentado enseñarle a bailar el vals–. Aunque también me resultó entretenido.

–¿En serio?

–Sí.

Él se incorporó para sentarse y ella enlazó las piernas a su espalda. Sus senos estaban a la altura correcta para que se los acariciara con la boca. Y eso hizo. Recorrió los pezones con la lengua y, después, se los metió en la boca. Ella se arqueó y le tiró del cabello.

Él levantó la cabeza y la miró a la cara. Estaba sofocada de deseo y lo miraba a los ojos.

–Me gustó que me dieras instrucciones.

–¿Ah, sí?

–Sí, y creo que deberías hacerlo ahora.

–¿Cómo?

–Cuenta.

Ella soltó una carcajada y le acarició los labios con el dedo.

–¿Estás lista?

–Siempre.

Ana se puso de rodillas y él se situó ante la húmeda entrada de su cuerpo. Apretó los dientes cuando ella descendió sobre él y él se hundió en ella. Era un placer tan intenso que casi resultaba doloroso.

Ella le agarró por los hombros y le clavó las uñas.

–Uno, dos –dijo mientras bajaba–, tres.

Él la agarró con fuerza por las caderas y dejó que fuera ella la que lo guiara.

–Uno, dos, tres –repitió ella al tiempo que se movía, con la voz cada vez más ahogada y clavándole las uñas cada vez con más fuerza–. Uno, dos, ¡oh!

Él rio.

–¿Crees que ahora puedo ser yo quien dirija este baile?

–Tenías razón afirmó ella jadeando. Tengo que ser menos civilizada. Y en este momento no deseo que seas educado. Solo te deseo a ti.

Era todo el permiso que Zafar necesitaba. La agarró por la cintura y cambiaron de postura: ella de espaldas y él sobre ella.

–Sí, Zafar, por favor.

No hizo falta que se lo repitiera.

Él le puso la mano bajo las nalgas y la elevó para recibir sus embestidas. No fue una unión callada ni educada. A él le escocía la piel donde ella le había clavado las uñas y el corazón le latía desbocado.

Ella enlazó las piernas en sus pantorrillas para sujetarlo. Él aceleró el ritmo y ella lo siguió, yéndole al encuentro cada vez, gimiendo de placer con él.

Y cuando él sintió que alcanzaba el clímax notó asimismo que ella lo acompañaba. Y, abrazados, capearon el temporal.

El desierto seguía allí, pero ellos se habían aislado de él y se sentían frescos y renovados, perdidos en otro mundo, en el espacio y en el tiempo, donde no existía nada más que aquello.

Nada más que Zafar. Nada más que Ana.

Él apoyó la cabeza en el pecho de ella, entre los senos, y oyó cómo le latía el corazón. Estaba tan viva... Era tan suave, tan dulce, tan perfecta...

Ojalá solo existiera aquello. Ojalá hubiera nacido de la arena en ese momento. Ojalá no tuviera los años que tenía, los pecados y la sangre vertida en el pasado que arrastraba.

Pero, en ese momento, no le importaba. Solo le importaba aquello.

Solo le importaba Ana.

Zafar olió a azufre, como siempre que se hallaba en el infierno en la Tierra: tiros y fuego, gritos y dolor, mucho dolor.

Y el rostro de su madre, sus ojos asustados.

Él quiso gritarle que lo perdonara, que había sido culpa suya. Quiso caer de rodillas y recibir los golpes, pero a sus enemigos no les interesaba herirlo físicamente.

Solo querían que fuera testigo de lo que la confesión de Fatín había posibilitado, de cómo el estúpido príncipe de As-Sabah le había entregado el poder a otro país.

Tenía las manos y las piernas encadenadas, y una mordaza en la boca. Quería gritar su confesión, pero no podía.

Las lágrimas comenzaron a surcarle las mejillas. Fue el único alivio que sus enemigos le consintieron.

Vio morir a su madre con miedo y con dolor. Y después, a su padre.

Zafar volvía a estar allí, con las mejillas empapadas, esperando a que lo mataran.

Rogando que lo mataran.

Entonces, se despertó.

Un grito salvaje escapó de su garganta. Le faltaba el aire, estaba bañado en sudor y tenía el rostro mojado por las lágrimas.

Estaba dispuesto a luchar, a matar, a destruir a los que habían asesinado a su familia. Y se dio cuenta de que tenía a su enemigo agarrado por el cuello.

Intentó agarrar el cuchillo que siempre dejaba al lado de la cama, pero no estaba allí. Y estaba desnudo. No tenía arma alguna para utilizarla contra los asesinos de sus padres.

Pero sus dedos apretaban la garganta de su enemigo.

–Te mataré con mis manos –dijo mientras lo miraba por primera vez. Y lo que vio fue una sombra pálida y unos ojos que brillaban en la oscuridad.

Poco a poco se dio cuenta de que estaba en la tienda.

Se había quedado dormido con Ana.

–Ana.

La soltó inmediatamente y ella cayó hacia atrás. Quiso consolarla, acariciarla, pero no tenía derecho a tocarla después de lo que acababa de suceder.

Seguía jadeando, bañado en sudor. Comenzó a tiritar al perder calor.

–Ana, lo siento. Perdóname. No voy a hacerte daño.

Ella se puso de pie temblando. Él apartó la mirada.

No quería verle los ojos, ver lo que expresarían después de saber cómo era él en realidad.

Después de que hubiera estado a punto de matarla.

–Ya lo sé –dijo ella con voz temblorosa.

Él buscó su bolsa y sacó una linterna para poder ver.

–Ana –dijo con inmenso pesar–. Por eso no duermo con nadie, por eso...

–¿Qué es lo que ves?

–No me lo preguntes, Ana. No intentes ayudarme cuando...

–¿Cómo puedes vivir con ello? –se acercó a él con la mano extendida, como si fuera a tocarlo.

Él se echó hacia atrás con un movimiento brusco. No se merecía el consuelo de su tacto.

–Tengo que hacerlo. Fue culpa mía. Es la carga que debo soportar. Me la he ganado.

–Cuéntamelo.

–No, bastante daño te he hecho ya –levantó la linterna y vio que ella tenía la marca de sus dedos en la garganta.

–Déjame ayudarte, Zafar.

–Ya te lo he contado. Le dije a Fatín cuándo se marcharían mis padres de palacio porque me lo preguntó y no sospeché nada. Si solo me hubiera traicionado a mí mismo... Nos capturaron a todos y nos metieron en el salón del trono –comenzó a temblar, pero tenía que acabar de contárselo–. Nos encadenaron. No tuvieron bastante con matar a mis padres, sino que también los torturaron. Primero a mi madre, para que lo viera mi padre; después a mi padre, para que lo viera yo.

Zafar respiró hondo.

–Estaba encadenado y me habían puesto una mordaza. Quería decirles a mis padres que era culpa mía y rogar a mis enemigos que me mataran. Pero no podía hablar, solo llorar como un niño desesperado porque lo abrace su madre. Pero sabía que ella no volvería a hacerlo. Y era culpa mía, Ana. Creía ser un hombre, pero en aquel momento me di cuenta de que no era más que un imbécil que había destruido todo lo que le importaba en la vida a causa de su estupidez.

Tragó saliva.

—No me mataron. Me dejaron tirado en el suelo del salón del trono con los cuerpos de mis padres. Rogué morir, pero mis ruegos no fueron atendidos. Mi tío me encontró a la mañana siguiente. Finalmente, nuestro ejército había vencido, pero era demasiado tarde para salvar a mis padres.

Se miró las manos.

—Mi tío me preguntó qué había pasado y se lo confesé. No me engaño. Sé que mi tío no había encabezado la rebelión que acabó con mis padres, pero era de esa clase de hombres que aprovechan la ocasión para hacerse con el poder si resulta fácil. Me dijo que habría rumores y que era mejor que me fuera de la ciudad, que nunca sería rey de As-Sabah. Y lo creí. Así que salí huyendo y corrí por el desierto hasta que caí desplomado en la arena. Esperé que me llegara la muerte, pero también me fue negada entonces.

—Los beduinos te encontraron.

—Sí, y fue el principio de nuestra alianza. Me di cuenta de que mi muerte solo me beneficiaría a mí, a nadie más, sobre todo al hacerse patente la clase de hombre que era mi tío: sediento de poder y carente de amor por su pueblo. Solo se quería a sí mismo. Pero yo era un chico deshonrado y él poseía un ejército, así que debía luchar contra él de otro modo.

Ana no podía respirar. Zafar la había despertado con un grito y después la había agarrado por el cuello. Confundida y aterrorizada, se quedó inmóvil buscando el rostro de él en la oscuridad. Y se dio cuenta de que, en realidad, él no estaba allí, que no la veía, que tenía los ojos llenos de lágrimas.

Tuvo miedo de moverse, de emitir sonido alguno,

pues sabía lo fuerte que era Zafar y que podía matarla simplemente presionándole la garganta con el pulgar.

Mientras escuchaba su historia fue consciente de los demonios que lo atormentaban.

Se olvidó de su miedo y se concentró en él, en su dolor. Se le acercó y lo abrazó por el cuello. Él se puso rígido, pero a ella no le importó. Le acarició la nuca y lo abrazó como si fuera un niño, porque hacía mucho tiempo que nadie lo había abrazado así.

—No tuviste la culpa, Zafar.

—La tuve.

—No, Zafar. Si ahora te contara algo porque confío en ti y tú traicionaras mi confianza y lo utilizaras para causar daño, ¿de quién sería la culpa?

—Ana...

—Si una niña rompe una muñeca y su madre se marcha, ¿de quién es la culpa?

—Nunca tuya, Ana.

—Pero ¿tuya sí?

—Yo no rompí una muñeca, sino que destrocé un país, mi vida y la de mis padres.

—No, tienes que dejar de echarte la culpa o nunca te verás libre de aquello.

—Te equivocas, Ana. Tengo que ser consciente de mi culpa para que no se repita. E incluso sabiéndolo, ¿no he vuelto a cometer el mismo error? He sido demasiado débil para resistirme a ti.

—Eso es distinto.

—¿Ah, sí?

—Yo te quiero.

—Es lo mismo que dijo ella.

—Yo no soy ella —gritó, furiosa—. Te he entregado mi cuerpo y mi alma. Te quiero.

—No me quieres. Quieres al que crees que podría ser, pero te equivocas.

—¿Al quererte?

—Sobre quién podría ser. Estoy roto, Ana, tan profundamente que nunca podré ser reparado.

—El amor llega muy adentro, Zafar. Déjalo entrar y te curará.

—No es así.

—Una cantidad suficiente de agua acaba empapando la tierra más agrietada, como lo demuestra este oasis en mitad del desierto. No sabes cuánto amor tengo para ofrecerte. No me digas lo que puede o no puede hacer.

—Es una gota de agua en el desierto. Nunca será suficiente.

A Ana se le deslizó una lágrima por la mejilla.

—¿Eso crees? Pensé que me conocías, pero ahora lo dudo.

—Eres tú la que no me conoces.

—¿Y piensas que mis sentimientos no importan? ¿Crees que soy una ingenua? Acabo de ver lo peor de ti, Zafar —dio un paso hacia él, lo tomó de la mano y se la llevó al cuello—. Sé qué hombre eres, y te lo ofrezco todo.

Él la bajó.

—Entonces eres una ingenua y una estúpida.

—Y tú, ¿sientes algo por mí?

—Soy como el desierto, no tengo nada que ofrecer, solo tomo.

—No me vengas con metáforas. Dime que no me quieres.

—No te quiero. No quiero a nadie, ni siquiera a mí mismo. Lo único que deseo es que mi pueblo recupere lo que le robaron. No seré tu esposo ni el padre de tus hijos.

—Pero dijiste que te casarías.

–Con otra, no contigo.

–Entonces, ¿qué es esto? Lo hemos arriesgado todo para acostarnos juntos.

–Solo se trata de deseo y lujuria.

–¿Y si me he quedado embarazada? La última vez no tuviste cuidado.

–Te daré todo el apoyo que necesites, pero lo mejor sería que no me implicara más que económicamente. Esperemos que no sea necesario.

El Zafar al que llevaba horas haciendo el amor había desaparecido, el hombre que había hecho que recuperase la fuerza. Y había vuelto el guerrero, el hombre feroz al que había conocido cuando había pagado por ella.

–Llévame de vuelta.

–¿Ahora?

–Sí, ya he dormido bastante.

–Yo también. Vístete. Saldremos enseguida.

Zafar salió de la tienda a por su ropa, que seguía en la orilla del agua. Ana sintió que el corazón se le hacía pedazos. Era injusto. Tenía que haberse dado cuenta de que no tenía futuro con él. Y al principio no había deseado tenerlo.

Pero había comprendido la verdad al ver su lado más oscuro. Entonces, lo quiso más. Al saber lo que había sufrido y el hombre que era a pesar de ello, quiso estar con él.

Pero él no quería que lo amasen, no la quería.

Se vistió rápidamente poniéndose ropa limpia. Le temblaban las manos y tenía náuseas.

Dejaría As-Sabah y a Zafar, pero se los llevaría dentro de ella. Él formaba parte de ella, le había dado fuerzas y le había recordado quién podía llegar a ser.

Eso no se lo podría arrebatar. A pesar del dolor que sentía, él no podría arrebatarle su fuerza recién descubierta, la determinación de buscar su lugar en la vida y la felicidad.

Se marcharía siendo más fuerte por haberlo conocido, pero con el corazón destrozado.

Cuando llegaron a la frontera entre As-Sabah y Shakar, ella estaba cansada y quemada por el viento. Llevaban horas cabalgando sin parar.

—Llama a tu padre —dijo él—. Esperará aquí hasta que venga a por ti.

—Pero...

—No me verá.

—Muy bien. No quiero que te pase nada.

Marcó el número de su padre con dedos temblorosos.

Cuando él contestó, fue como si dentro de ella se desbordara una presa.

—Papá —dijo con los ojos llenos de lágrimas.

—¿Ana? —su padre parecía desesperado.

—Sí.

—Te hemos estado buscando. Créetelo, por favor. Pero no queríamos que los medios de comunicación interfirieran. No queríamos que los secuestradores se pusieran nerviosos. ¿Dónde estás? ¿Sigues en su poder?

—No, estoy libre.

—¿Cómo es posible?

No podía decírselo.

—Me rescató un desconocido. Estoy cerca del campamento donde me secuestraron. ¿Puedes venir a recogerme?

Zafar le pasó un papel con las coordenadas del GPS. Ana se las leyó a su padre y colgó.

Estaban en una zona donde solo unas rocas proporcionaban algo de sombra. Y era como buscar refugio en un horno, ya que las rocas absorbían el calor.

De todos modos, se quedaron allí mirando en la dirección en que aparecerían el padre de Ana y Tarik. No hablaron ni se tocaron.

No se volverían a ver, pensó ella. Y su vida sería un infinito desierto sin él.

—Solo falta un minuto —dijo él, por fin.

—Mírame —le pidió ella.

Él la obedeció y ella se grabó a fuego su imagen.

—Tengo que memorizarte.

—Yo ya lo he hecho —respondió él.

A ella se le encogió el corazón.

—Te deseo lo mejor. Voy a volver a Estados Unidos. Si alguna vez sientes curiosidad...

Él cerró los ojos durante unos segundos.

—Olvidaré esa información. Es mejor que no lo sepa porque podría buscarte, y no te haría ningún favor.

Ella oyó el sonido de la hélice de los helicópteros.

—Vete —ordenó a Zafar, presa de pánico.

Él asintió y se acercó a Sadiqui mientras se volvía a cubrir la cabeza y la cara. Y se fue cabalgando. Ella dejó de verlo. Fue como si la arena se lo hubiera tragado.

El helicóptero se acercaba. Su salvación, su familia.

Y, sin embargo, por primera vez sintió añoranza de su hogar. Y no pensó en la vieja mansión de Texas, ni en el internado de Connecticut donde había pasado buena parte de su adolescencia, ni siquiera en el palacio de As-Sabah.

Pensó en los brazos de Zafar.

Nunca más volvería a su hogar.

Mientras el helicóptero descendía, cayó de rodillas y rompió a llorar.

Zafar cabalgó hasta que el aire le quemó los pulmones y el sol le cegó los ojos.

Dejar a Ana era como dejar una parte de sí mismo, de ese corazón que creía haberse arrancado. Pero seguía allí y latía por ella. Y por eso había tenido que marcharse.

¿Cómo iba a obligarla a vivir con él, un hombre acosado por sus demonios, un hombre que, de noche, podía agarrarla del cuello creyendo que era un enemigo?

Sin embargo, la amaba, aunque fuera de forma egoísta. Y le hubiera gustado llevarla de nuevo a palacio y compartir la cama con ella. Y ver cómo le crecía el vientre por estar embarazada de su hijo.

Tal vez ya lo estuviera. Zafar pensó en sus manos manchadas de sangre acunando a un niño. ¿Cómo iba a ser padre? ¿Cómo podría ser merecedor de Ana?

No se merecía que Ana lo quisiera, pero intentaría convertirse en un hombre que hubiera podido merecer su amor.

Esa noche se tumbó al aire libre mirando el cielo y pensando en Ana. Su corazón latía de amor por ella.

Y durmió sin tener pesadillas.

Capítulo 13

ANA se sentó en el borde de la cama. La habitación era grande y luminosa. Tarik había sido
muy amable, ya que la semana anterior ella le
había dicho que no se casaría con él.

Tarik insistió en que se quedara hasta haberse recuperado del todo.

Nunca podría hacerlo.

Un corazón partido no te mataba. Era peor: te dolía
siempre. Y Ana tenía la sensación de que nunca cica-
trizaría.

Se hubiera casado con Tarik de no haber sido por
Zafar. Y habría sido una decisión errónea. Pero ya no podía hacerlo. A su padre le había disgustado que no
fuera a haber boda, ya que perdería millones en beneficios.

Pero se había quedado en Shakar con ella, sin ma-
nifestarle su decepción, aunque ella sabía cómo se sentía.

Miró por la ventana los jardines. No se arrepentía
de que aquello no fuera a ser su hogar. Solo sentía por
Tarik cierto afecto. Le caía bien, pero no lo quería.

Le había quedado aún más claro al volver a verlo,
ya que había seguido pensando en Zafar y no había va-
cilado en romper el compromiso, ni siquiera al pensar
en cómo reaccionaría su padre.

Estaba asimismo segura de otras dos cosas: no estaba embarazada de Zafar y quería estar con él más que nada en el mundo.

Lo echaba de menos cada segundo.

Llamaron a la puerta y se levantó.

−¿Sí?

Entró Tarik, tal alto y guapo como siempre.

−Buenas tardes, mi amor.

−No me llames así, por favor.

−Sé que las cosas entre nosotros ya no están como antes, pero no pierdo la esperanza de que cambies de opinión.

−¿Me quieres?

−No −replicó él automáticamente.

−Entonces, no cambiaré de opinión.

−Te doy mi palabra de que no te mentiré para que lo hagas.

−Gracias.

−No es honorable obligar a una mujer a casarse contigo.

−Eres un buen hombre. Espero que todavía puedas llegar a un acuerdo con mi padre.

−Pienso hacerlo, seas o no mi esposa.

−¿Has hablado con él ya?

−No, lo haré durante la cena.

−Me alegra saberlo.

Entonces, Ana tuvo una idea que tal vez pudiera arreglar las cosas, aunque la última palabra la tendría Zafar.

−Tarik, quisiera llegar a un acuerdo contigo al margen de mi padre.

−Dime.

−Júrame que serás leal a mi familia, que siempre nos protegerás.

–Te lo juro.

–Pase lo que pase.

–Te lo juro por el ultraje que sufriste. Mientras viva, tu familia, por grande que sea en el futuro, contará con mi protección. Te doy mi palabra, pero, si lo quieres por escrito, lo escribiré.

–Sí –afirmó ella con lágrimas en los ojos–. Y también quiero un helicóptero. Por el ultraje que sufrí –le temblaban las manos–. Gracias.

Zafar se despertaba todas las noches, pero no porque tuviera sueños de muerte y violencia, sino porque se hacía la ilusión de tener a Ana en los brazos.

Pero ella nunca estaba allí.

Cerró los ojos, lleno de dolor. Se acercó a la ventana del salón del trono, donde había transcurrido la escena más horrorosa de su vida. Pero el dolor iba desapareciendo ante las nuevas emociones que experimentaba.

En su corazón ya no había sitio para la angustia, la ira y el dolor porque amaba a Ana.

Pero no había tenido más remedio que separarse de ella.

Uno de sus hombres entró en el salón.

–Alguien quiere verte.

–¿Quién?

–La mujer que vino contigo el primer día.

–No puede ser.

–Es ella, sin duda.

–No habrás sufrido una alucinación, ¿verdad? –preguntó Zafar, atónito.

–¿Le digo que se vaya?

–No, hazla pasar –respondió Zafar con el corazón latiéndole a toda velocidad.

Ella entró. Llevaba el pelo recogido en un moño y un elegante vestido que le llegaba a la altura de la rodilla.

–Zafar –dijo con voz neutra–. He venido a entregarte algo.

–¿El qué?

–Un acuerdo del jeque de Shakar –le tendió un papel doblado por la mitad–. Léelo.

–Es el juramento del jeque de que protegerá a tu familia ahora y en el futuro. ¿Por qué me traes esto?

–Porque creo haber hallado la solución a tu problema, aunque te he traído ese documento para resolver mis problemas, no los tuyos. No es para hacer que me quieras.

–¿A qué te refieres?

–Cásate conmigo y entra a formar parte de mi familia. No tendrás que temer que se declare la guerra. Eso –señaló el papel– te protege, me protege y protege As-Sabah. Pero a condición de que te cases conmigo.

–¿Me estás proponiendo matrimonio, Ana?

–Sí. ¿Sabes por qué?

–¿Por qué? –preguntó él con voz ronca.

–Porque llevamos una semana separados y solo pienso en ti; porque, a pesar de lo que me dijiste, te sigo queriendo; porque me ayudaste a recuperar la fuerza; porque bailas fatal; porque no usas el tenedor de la ensalada cuando se debe y yo me he pasado la vida haciéndolo; y porque has conseguido que quiera más, que quiera hacer más, que sienta más.

–Ana, acepto de corazón el acuerdo y tu mano, tu amor. Pero tengo mucho miedo. ¿Por quieres estar conmigo? Eres hermosa y estás llena de vida. Y no te haces una idea de lo que has hecho por mí.

–No –susurró ella.

–Durante muchos años pensé que la muerte era lo mejor para mí. Las puertas del infierno estaban abiertas para recibirme. Pero tú las cerraste. Ahora, cuando duermo, veo tu rostro en vez de las imágenes de aquel terrible día.

–¿Qué ha cambiado? Porque la última noche que pasamos juntos no soñaste conmigo.

–Me he permitido amarte. Y al dejar que el amor me llenara, ya no había espacio para la angustia ni la desesperación. Has llenado el palacio de recuerdos nuevos. Y has hecho que vuelva a desear, que era algo que me aterrorizaba, ya que creía que volvería a ser tan débil como antes y que volvería a destruirlo todo. Pero quererte no es una debilidad; nunca me he sentido tan fuerte. Ya no me parece haber dejado el alma y el corazón en el desierto, sino que los siento en mi interior.

–Zafar, si he podido dudar de que fueras el hombre adecuado para mí, ya no lo hago. Nos hemos curado mutuamente. Tu sufrimiento me ha ayudado a encontrar la fuerza que había en mí.

–Y tu fuerza me ha sacado del pozo en que me hallaba.

–Entonces, deja de decir que no podemos estar juntos.

–Puedes encontrar un hombre mejor que yo.

–No deseo a otro hombre. Te deseo a ti.

–Gracias –dijo él riéndose.

–Quiero estar contigo y ayudarte a conseguir lo que te propones para el país. Tu hogar es el mío, porque es donde estás.

–Y mi corazón es tuyo, aunque esté herido. Pero has

hecho que vuelva a vivir, y yo con él. Si lo aceptas, seré el hombre más feliz del mundo.

–Lo acepto.

–Ana, amor mío, conmigo no tendrás que ser nadie más que tú misma. No quiero que te limites a complacerme o a hacer que me sienta a gusto. No quiero que te introduzcas dócilmente en mi vida. Quiero que te enfrentes a mí y que cuando me equivoque me lo digas. Quiero que seas la que eres.

Ella cerró los ojos y sonrió.

–Son las palabras más bellas que he oído en mi vida. Y eres la primera persona que me las dice.

–Nunca dejaré de decírtelas.

–Te quiero –dijo ella–. Te quiero. Te quiero. Un, dos tres.

Él la abrazó y la besó con amor y pasión.

–¿Recuerdas el día en que te rescaté de tus secuestradores?

–Claro que sí.

Él la tomó en brazos y se dirigió a su dormitorio.

–Te dije –observó él mientras empujaba la puerta para abrirla– que yo había sido tu salvación.

–Es cierto.

Zafar la depositó en la cama, se quitó la camisa y se tumbó a su lado.

–Pues estaba equivocado.

Ella le acarició la mejilla y lo miró a los ojos.

–¿Ah, sí?

–Sí, amor mío –la besó. Fue un beso lleno de promesas que cumpliría durante toda la vida–. Tú has sido la mía.